코리올레이너스

셰익스피어학회 작품총서 015

코리올레이너스
Coriolanus

윌리엄 셰익스피어 지음
이현우 옮김

도서출판 동인

발간사

    지금까지 셰익스피어 작품에 대한 번역은 끊임없이 다양한 동기에 의해 진행되어 왔다. 초창기 셰익스피어 작품 번역은 일본어 번역을 우리말로 옮기는 작업이었다. 일본이 서구에 대한 수용을 활발한 번역을 통해서 시도하였기 때문에 일본어를 공부한 한국 학자들이 번역을 하는데 용이했던 까닭이었다. 하지만 이 경우는 문학적인 차원에서 서구 문학의 상징적 존재인 셰익스피어를 문학적으로 소개하는 것이 목적이어서 문어체를 바탕으로 문장의 내포된 의미를 부연하게 되어 매우 복잡하고 부자연스러운 번역이 주조를 이루었던 것이 문제가 되었다.

    그 다음 세대로서 영어에 능숙한 학자들이나 번역가들이 셰익스피어 번역에 참여하게 되었다. 셰익스피어 작품에 대한 수많은 주(note)를 참조하여 문학적 이해와 해석을 곁들인 번역은 작품의 깊이를 파악하는데 많은 도움이 되었다고 볼 수 있다. 하지만 셰익스피어 작품을 무대에 올리는 배우들에게는 또 다른 문제가 생길 수밖에 없었다. 문학적 해석을 번역에 수용하는 문장은 구어체적인 생동감을 느낄 수 없었고, 호흡이 너무 길어 배우가 대사로 처리하기에 부적합하였다.

이런 문제점을 해결하기 위해서 번역가마다 각자 특별한 효과를 내도록 원서에서 느낄 수 있는 운율적 실험을 실시하기도 하였다. 그런 시도는 셰익스피어 번역에 새로운 분위기를 자아내었을 뿐 아니라 다양한 번역이 이루어져 나름의 의미가 있었다고 본다. 반면에 우리말을 영어식의 운율에 맞추는 식의 인위적 효과를 위해서 실험하는 것은 배우들이 대사 처리하기에 또 다른 부자연성을 느끼게 하였다.

한국에서 셰익스피어를 연구하는 학자들이 모이는 한국셰익스피어학회에서 셰익스피어 탄생 450주년을 기념하여 셰익스피어 전작에 대한 새로운 번역을 시도하기로 하였다. 우선 이번 번역은 셰익스피어 원서를 수준 높게 이해하는 학자들이 배우들의 무대 언어에 알맞은 번역을 한다는 점에서 차별성을 두고자 한다. 또한 신세대 학자들이 대거 참여하여 우리말을 현대적 감각에 맞게 구사하여 번역을 하자는 원칙을 정하였다.

시대가 바뀔 때마다 독자들의 언어가 달라지고 이에 부응하는 번역이 나와야 한다고 본다. 무대 위의 배우들과 현대 독자들의 언어감각에 맞는 번역이란 두 마리 토끼를 잡는 것은 그리 쉬운 일은 아니지만 매우 의미 있는 일일 것이다. 이번 한국 셰익스피어 학회가 공인하는 셰익스피어 전작 번역이 성공적으로 이루어지도록 뒷받침하는 도서출판 동인의 이성모 사장에게 심심한 감사의 뜻을 전하며 인문학의 부재의 시대에 새로운 인문학의 부활을 이루어내는 계기가 되리라 믿는다.

2014년 3월
한국셰익스피어학회 회장 박정근

옮긴이의 글

본 역자가 『코리올레이너스』를 처음 번역한 것은 2005년이었다. 하지만 이때는 화동연우회 제작으로 공연을 할 목적으로 번역한 것으로 원작의 일부분이 번역되지 않은 부분도 있었고, 원문의 내용이 보다 공연 목적에 맞게 임의로 각색된 부분도 있어서 이번에 그러한 것들을 원문에 맞게 바로 잡았다.

하지만 전체적으로 여전히 공연을 염두에 두고 번역하였으며, 다만 누가 이 번역본을 보고 공연을 하던지 일단은 객관적으로 원작을 접할 수 있도록 노력하였다. 본 역자가 이번에 번역하면서 주안점을 두었던 번역상의 원칙은 다음과 같다. 첫째 운문은 운문으로, 산문은 산문으로 구분하여 번역하는 것이며, 둘째 운문의 경우 가급적 3.4/ 4.4조에 맞춰 번역하려고 노력하였다. 우리말 운율의 3.4/4.4조라 함은 음절수뿐 아니라 대략 그 정도 음절 길이의 호흡단위이다. 셋째, 『코리올레이너스』에서 셰익스피어는 그 어떤 작품보다 소위 "행 공유하기"를 많이 시도하고 있는데, 이는 번역 상에서도 철저히 반영하려고 하였다. "행 공유하기"라 함은 복수의 등장인물의 대사들이 함께 어울려 하나의 시행—즉, 한 줄의 대사—을 형성하는 것을 의미한다. 아래의 예문에서 라아셔스의 "Ere stay behind this business"와 메니니어스의 "O, true-bred"가 결합하여 셰익스피어의 기본 시형인 약강오보격 한 행을 이룬다. 그래서 메니니어스의 "O, true-bred"는 "Ere stay behind this business" 만큼 앞의 칸이 비워진 채 배열되어 있는 것이다.

Lartius: No, Caius Martius,
    I'll lean upon one crutch and fight with t'other
    Ere stay behind this business.
Menenius: O, true-bred! (1.1.237-8)

라아셔스: 그럴 리가, 마아셔스,
    이번 전투에 빠지다니. 지팡이에 기대서라도
    적들과 싸우겠소.
메니니어스: 참으로 장하시오!

이러한 소위 '행 공유하기'의 주된 목적 중의 하나는, 마치 한 등장인물이 한 행의 대사를 말하듯 끊어짐이 없이 대사를 이어나가라는 의미이다. 『코리올레이너스』는 이러한 '행 공유하기'가 극 전체에 걸쳐 지속적으로 그리고 반복적으로 이루어지고 있는데, 그것은 폭동과 전쟁이 연속되는 이 극에 속도감과 긴박감을 배가시키는 데에 기여한다. 그런 만큼 본 역자의 번역에 있어서도 이러한 '행 공유하기'는 빠짐없이 그대로 재현하였다. 그리고 독자나 배우는 위 번역 예문의 마지막 부분을 읽을 때, "적들과 싸우겠소. /참으로 장하

시오!"가 마치 한 사람의 바로 이어지는 대사처럼 끊어짐이 없이 발화되어야 한다.

앞에서도 밝혔듯이 『코리올레이너스』는 1623년에 출간된 『제1이절판』에 포함된 하나의 대본만이 전해오기 때문에 편집자들에 따른 텍스트의 차이가 크지 않다. 다만 행의 배열이나 독자의 편의를 돕는 추가적인 지문과 주석 설명 등을 참조하면서 'Peter Holland. Ed. *Coriolanus*. The Arden Shakespeare, Third Series. London: Bloomsbury, 2013,' 'Lee Bliss. Ed. *Coriolanus*. The New Cambridge Shakespeare. Cambridge: Cambridge UP, 2000.'에 주로 의존하였음을 밝힌다.

2015년 10월
이현우

| 차례 |

등장인물

귀족	카이어스 마아셔스
	볼럼니아
	버질니아
	어린 마아셔스
	메니니어스 아그리파
	발레리아
	코미니어스
	타이터스 라아셔스
	원로원들
	귀족들
민중	씨시니어스 벨루터스
	주니어스 브루터스
	시민들, 공안관들, 병사들
기타 다른 로마인들	볼럼니아의 시녀
	니카노
	로마의 부관들
	로마의 전령
	로마의 사자들
볼스키 족	털러스 오피디어스
	오피디어스의 부관
	아드리안
	볼스키 파수병들
	볼스키 시민들
	볼스키 병사들
	볼스키 원로원들
	볼스키 귀족
	공모자들
	오피디우스의 하인들

1막

1장

로마의 거리

폭동을 일으킨 한 떼의 시민들이 나무 몽둥이, 곤봉,
그 밖의 다른 무기를 들고 등장

시민 1 자, 자, 여러분, 더 전진하기 전에 우선 내 말을 좀 들어주십시오.

시민 일동 말해 봐, 말해.

시민 1 모두들 굶어 죽느니 차라리 싸우다 죽기로 결정한 겁니까?

시민 일동 결정했소, 결정했다니까.

5 **시민 1** 무엇보다 여러분들은 우리 민중의 첫 번째 적이 바로 카이어스
마아셔스라는 걸 알아야 됩니다.

시민 일동 알아. 안다고.

시민 1 그 자를 처단합시다. 그래야 우리가 원하는 가격에 곡물을 얻을
수 있습니다. 우리가 결의한 사항이 바로 이거 맞습니까?

10 **시민 일동** 더 이상 말은 필요 없다. 그대로 하자. 가자. 가자!

시민 2 한 마디만요, 관대한 시민 여러분들!

시민 1 우린 가난한 민중들일 뿐이야! 귀족들이나 관대하라고 해. 귀족들
이 먹다 남긴 것만 있어도 우린 포식할 판이라구. 썩히느니 우리
한테 주란 말야. 그럼 우리도 인간적으로 고마워하지 않겠어? 근

15 데 이 귀족 놈들은 그게 아냐. 피골이 상접한 채 끙끙거리는 우리
꼴을 보면, 그 만큼 '자기들은 풍족하구나', 오히려 위안을 삼는

놈들이지. 우리의 고통을 자기들 꿀통으로 아는 놈들이라구. 자,
그러니 여러분, 뼈만 남은 갈퀴 같은 신세가 되기 전에 우리가 먼
저 쇠꼬챙이로 저들을 처단합시다. 하늘에 맹세코 이건 어디까지
나 빵에 굶주려 하는 말이지 피에 굶주려 하는 말이 아닙니다.   20

시민 2 여러분들은 무엇보다 카이어스 마아셔스를 타도하겠다는 겁니까?

시민 일동 그자부터 죽여야 돼. 우리 민중들한테 언제나 개 같이 으르렁
대는 놈이란 말야.

시민 2 하지만 그 사람이 조국을 위해서 헌신한 공로도 생각해 주어야
하지 않소?   25

시민 1 누가 공이 없답니까? 엄청 있지요, 예. 하지만 그러면 뭐합니까?
저토록 오만하기 짝이 없는데.

시민 2 너무 악의적으로만 말하지 마세요.

시민 1 예, 예, 세상 떠들썩할 만한 공들을 세웠지요, 그자는. 허나 순진
한 양반들은 그게 다 조국을 위한 행동이었다고 믿겠지만, 사실   30
은 자기 어미 비위 맞추느라 그렇게 한 것이고, 또 자기 자만심
때문에 그렇게 한 것이란 말이요. 용맹한 것만큼 오만한 작자라
는 거 다들 알지 않습니까?

시민 2 자기도 어쩌지 못하는 타고난 성질이 그런 겁니다. 어쨌든 사리
사욕을 탐하는 사람은 아니지 않습니까.   35

시민 1 그렇다 하더라도, 하나하나 열거하자면 내 입이 휠 정도로 결함
이 많은 자요, 그자는. [안에서 고함소리 들린다.] 저게 무슨 소리지?
저쪽에서는 벌써 들고 일어났군. 여러분, 왜 우리가 여기서 우물
쭈물 하고 있어야 합니까? 자, 갑시다, 의사당으로!

시민 일동 가자, 가자구.

시민 1 잠깐, 누가 오는데.

메니니어스 아그리파 등장

시민 2 메니니어스 아그리파시다. 항상 우리 민중들을 이해해 주시는 분이지.

시민 1 괜찮은 양반이지. 다들 저 정도만 되도 좋겠어.

메니니어스 동포 여러분, 이게 무슨 짓이요? 몽둥이와 쇠뭉치를 들고 어디로 가겠다는 것이요? 무슨 일이요, 어서 말해 보시오.

시민 1 우리 목적이 뭔지 원로원에서도 알고 있습니다. 이미 2주 전부터 알고 있다고요. 이제 우린 모든 걸 행동으로 보여드리겠습니다.

메니니어스 그러나 여러분, 아니 내 선한 벗이여, 내 진실한 이웃이여, 당신들은 그런 일을 해서 자멸을 초래하겠다는 거요?

시민 1 초래고 자시고가 있습니까? 우리는 이미 볼 장 다 봤는데.

메니니어스 친구들이여, 귀족들도 민중들을 더할 수 없이
걱정하고 대책을 강구하고 있소. 기근은
하늘 탓이지 로마 정부 탓이 아니요.
쇠꼬챙이 휘두르려거든 차라리 하늘에다
하란 말이오. 이보다 수천 배 강력한
항거도 계란으로 바위 치는 격,
로마 정부는 꿈쩍도 않을 것이오. 이 기근을
귀족들이 불러 왔소? 신들이 한 것이요.
그러니 무기를 들기보다는 무릎 꿇고

빌어야지. 아아, 여러분은 재난에 정신이
혼미하여 더 큰 재난을 자초하고 있소. 마치
어버이 같이 여러분을 돌봐주는 국가의
지도자들을 중상하고 원수같이 저주를 퍼붓다니.[1]

시민 1 우리를 돌봐줘? 천만에! 한 번도 그런 적 없어. 우린 굶어죽게 놔 65
두면서 자기들 곳간은 꽉꽉 채우고, 고리대금업자 편리나 봐주는
대금업 특별법 따위나 제정하고, 가진 놈들 견제하는 법률은 하
루가 멀다 하고 폐지하면서, 우리 같이 없는 사람들 옭아매고 억
압하는 법률만 잔뜩 양산해 내잖소. 전쟁이 우릴 삼켜 버리지 않
더라도, 저 귀족 놈들이 우릴 먹어치울 거요. 70

메니니어스 지금 스스로 자신이 악마이거나
아니면 바보라고 고백하는 것 같군.
재미있는 얘기 하나 하리다. 아는 얘기
일수도 있지만, 약이 될 테니 좀 진부하다
싶더라도 들어주겠소? 75

시민 1 글쎄, 뭐 들어봅시다. 하지만 괜한 속임수로 얼렁뚱땅 사태를 얼
버무릴 생각은 아예 마쇼.

---

1. 극의 시작부터 계속 산문으로 대사가 이어지다가 처음으로 운문대사가 나오고 있다.
셰익스피어 극에서 신분이 낮은 사람들의 대사나 일상 대화, 희극적 대사 등에는 흔
히 산문이 활용되고, 상류 계층의 대사나 독백, 보다 극적이거나 의미심장한 대사 등
에서는 운문이 자주 사용된다. 메니니어스가 비록 귀족이지만 처음엔 민중들과 마찬
가지로 산문대사를 말하다가 이제 비로소 운문대사를 말하는 것은 처음엔 민중계층
과 친화성을 발휘하다가 서서히 귀족 계층의 입장을 대변하는 그의 능수능란한 정
치적 수완을 표현한다고 하겠다.

메니니어스 어느 날, 사람 몸의 각 부분이 위에 대해

반란을 일으켰소. 이유인 즉, 위란 놈은

80   늪처럼 신체의 한 가운데 눌러 앉아선

빈둥빈둥 놀다가 맛있는 음식만

받아먹는다는 거였지. 다른 기관들은 보고, 듣고,

궁리하고, 지시하고, 걷고, 느끼고,

서로 협력하면서, 몸 전체의 공익 위해 불철주야!

85   헌데 위는 손 하나 까딱 않고 자기 배만

채운다는 거야. 그래 위가 대답하기를 —

시민 1 그래 뭐라 했답니까, 그 밥통이?

메니니어스 들어 보라니까. 위가 일종의 미소를

짓고선, 허파에서 터져 나오는 웃음 말고 —

90   아, 말까지 하는 놈이니 웃을 수도 있겠지 —

암튼 대꾸를 했어, 자기를 시기하는

그 불평분자들에게, 조롱조로. 자기들하고 똑 같이

일하지 않는다고 원로원 의원들을

마구 비난하는 꼭 그대들 같은 반란의 무리들에게

95   말이오.

시민 1   그 배때기가 뭐라고 했냐니까요?[2]

---

2. 셰익스피어 극에서는 2, 3명의 대사가 합해져서 하나의 시행을 이루는 경우가 많은
데, 이러한 소위 '행 공유하기'의 주된 목적 중의 하나는 마치 한 등장인물이 한 행의
대사를 말하듯 끊어짐이 없이 대사를 이어나가라는 의미이다. 『코리올레이너스』는
이런 경우가 특히 많은데, 그것은 이 극의 속도감과 긴박감을 증가시키는 데 기여한
다. 본 역서에서 운문은 주로 비교적 자유로운 3.4/4.4조로 표현하고 있는데, "말이

국왕 같은 머리, 초병 같은 눈,

조언자 같은 심장, 군인 같은 팔,

준마 같은 다리, 나팔수 같은 혀,

그 밖의 우리 몸에 붙은 다른 기관들이,　　　　　　　100

그러니까 그들이 만일 –

메니니어스　　　　　　만일 뭐요?

이 녀석 말 꽤나 하는군. 만일 뭐요? 뭐?

시민 1 만일 그런 것들이 신체의 수채통에 불과하면서도

욕심 많은 위한테 억압당한다면 –

메니니어스　　　　　　　　그래서?

시민 1 그래서 만일 그들이 불만을 갖고 저항한다면,　　　105

그 밥통은 뭐라고 할 거냐고요?

메니니어스　　　　　　지금 막

말하려 하지 않소. 보채지 말아요 –

그럴 인내심도 없겠지만 – 아, 얘기 한다니까.

시민 1 자꾸 질질 끌지 좀 마세요.

메니니어스　　　　　들어봐요, 친구.

그 뱃심 좋은 위는 사려 또한 깊고,　　　　　　　110

탄핵 무리 모양 경솔치도 않아, 이렇게 답했지.

"조합원 동지 여러분, 여러분들의 어떤 식량이든

우선 제가 먼저 받아먹는다는 거 사실입니다.

하지만 그건 매우 합당한 일 아닙니까?

오./ 그 배때기가/ 뭐라고/ 했냐니까요"가 한 행처럼 바로 이어져서 발화되어야 한다.

저는 신체 전체의 저장고이자 주방!

기억하시는지 모르겠습니다만, 혈관이라는 강줄기 통해

정부 격인 머리, 왕좌인 뇌에까지

음식을 공급합니다. 또한 신체의 온갖 통로,

조직을 통해 가장 강인한 근육에서부터

120 미세한 혈관에 이르기까지 생명의

자양분을 공급합니다. 지금 당장 여러분들이

피부로 느끼지는 못하더라도 말입니다.

오, 나의 친구들이여!" 이렇게 대답했다는 거요. 알아듣겠소?[3]

시민 1 좋소, 그래서요?

메니니어스   "비록 당장에는 잘 모르겠지만,

분배된 게 무엇인지 막상 결산을 뽑아보면,

125 음식 알맹이는 오직 여러분들 것이고,

껍데기만 내 것임을 알게 될 거요."

이랬다는 것이요. 알겠소, 여러분?

시민 1 흥! 그래서 그게 우리와 뭐 어쨌다는 거요?

메니니어스 로마의 원로원은 바로 이 무고한 위고,

130 여러분은 반란을 일으킨 다른 기관들인

셈이요. 이 나라의 안녕과 국민 복지를 위한

그들의 충언과 염려, 여러 조치들을

정당하게 따져보시오. 여러분이 누리는

---

3. 인체의 장기를 귀족과 민중들의 관계에 빗댄 이 연설은 이 극의 출처가 되기도 한 『플루타크 영웅전』에 거의 그대로 나온다.

공적인 혜택 중에 그들을 거치지

않은 것이 없고, 여러분 스스로   135

만들어 낸 것은 하나도 없지 않소.

어떻게 생각하시오, 군중의 엄지발가락 선생?

시민 1 엄지발가락이라고? 내가 왜 엄지발가락이요?

메니니어스 너무나 현명하신 이 폭도 여러분들 중에서도

가장 저급하고, 가장 미천하고,   140

가장 불쌍하면서도 가장 앞장서니까.

토끼몰이도 제대로 못하는 똥개 같은 주제에

무슨 이득이나 볼까하며 제일 나서대니까.

어쨌든 무기들이나 단단히 준비해 둬.

로마와 쥐새끼들이 한 판 붙을 태세니까.   145

어느 쪽이든 혼 좀 나겠지.

[카이어스 마아셔스 등장]

　　　　　　　　　　　어서 오시오, 마아셔스 장군.

마아셔스 고맙습니다. 근데 네놈들은 무슨 일이냐? 불평불만으로

세상만 어수선하게 하고, 긁어 부스럼이나 일으키는

못난 것들 같으니.

시민 1 　　　　　　　말씀마다 참 다정다감 하시다니까!

마아셔스 너희들에게 다정한 말을 건네는 놈은   150

비열한 아첨꾼일 뿐. 요구하는 게 뭐냐, 이 개새끼들아?

전쟁도 싫다, 평화도 싫다. 어떻게 하자는 거냐?

전쟁에는 겁을 내고, 평화에는 방자해 지고.

네놈들은 사자가 됐으면 하면 토끼가 되고,

155 여우가 됐으면 하면 거위가 되지.

얼음 위의 석탄불,[4] 햇볕 속의 싸락눈!

네 놈들의 장기는 범법자는 두둔하고

정당한 법률은 비난하는 게 고작이야.

위대한 인물에겐 존경 대신 미움을,

160 병자의 식욕 같이 해롭지만 달콤한 것만 찾고!

네 놈들에게 의지하는 건 납덩이 지느러미로

헤엄 치고, 갈대로 통나무 베는 격이다.

죽일 놈들! 너흴 믿어? 변덕이 죽 끓 듯해서,

금방 증오하던 자에게도 환호를 보내고,

165 우상시하던 인물도 쓰레기 취급하지.

시내 곳곳에 모여 원로원을 타도하자고 지랄들이니,

뭘 어쩌자는 거냐? 그분들은 신들을

대신하여 너희 질서를 잡아주는

고귀한 분들 아니냐. 그렇지 않았으면

170 서로 잡아먹고 난장판이었을 거다.

저놈들의 요구가 도대체 뭡니까?

메니니어스 자기들이 원하는 가격에 곡물을 달라는 군.

로마 당국엔 곡물이 넘쳐날 거라면서.

---

4. 1607년에서 1608년 사이의 겨울에 극심한 혹한이 몰아쳐 테임즈 강이 얼어붙자, 실제로 그 위에 불붙인 석탄을 올려 강을 녹이려고 시도했었다고 한다. 때문에 이 구절은 흔히 『코리올레이너스』의 제작 연대를 추정하는 한 단서로 간주되기도 한다.

마아셔스 죽일 놈들, 그따위 소릴 하다니!

안방에 앉아서 의사당 안을 훤히 들여다보듯   175

떠든단 말야. 누가 흥하고 누가 망하고,

어느 당파를 밀어야 한다는 둥, 말아야

한다는 둥, 싫어하는 당파는 발톱에

떼만큼도 안 여기지. 곡물이 넘쳐난다고?

귀족들이 자비심 대신 검을 쥐어준다면,   180

천 명이고 만 명이고 저놈들의 사지를 찢어

내 창 높이만큼 쌓아올리겠다.

메니니어스 아니, 이제 거의 다 설득되었소.

사리분별 없이 날뛰지만 기실 겁쟁이들이거든.

아, 그건 그렇고 저쪽 무리들은 어떻게 되었소?   185

마아셔스 그놈들은 해산되었습니다. 목매 죽일 놈들

같으니. 허기를 핑계 삼아 새로운

속담들을 만들어내더군요. "굶주림은 돌담도

부순다, 개도 먹어야 산다, 음식은

먹으라고 있는 거다. 신들이 곡식을   190

보내준 것은 부자들만을 위해서가 아니다."

걸레 같은 잡소리 하나하나에 답변을

해주고 청원을 들어줬습니다. 귀족들의

간담을 서늘케 할 요상한 주장들이었지만

동의해 줬지요. 그러자 달의 뿔에라도   195

걸려는 듯 모자를 집어던지고 환호성을

질러대고 난리더군요.

메니니어스   동의해? 무엇을?

마아셔스 현명하신[5] 민중 여러분을 대표할 다섯 명의
호민관을 선출하도록 했습니다. 그 중 하나는
주니어스 브루터스, 그리고 씨시니어스 벨루터스,
나머진 모르겠습니다. 젠장, 폭도들이 로마를
다 떼려 부순다 해도 내 머리 꼭지 위에 올라서게 해선 안 되는 건데!
조만간 더 큰 힘을 얻고 반란을 위한 더 큰 명분을
들고 나올 게 뻔합니다.

메니니어스   이건 뭐가 뭔지. . . .

마아셔스 집으로 돌아가, 이 오합지졸들아!

전령 황급히 등장

전령 마아셔스 님! 마아셔스 님!

마아셔스   여기 있다. 무슨 일이냐?

전령 볼스키 군대가 쳐들어 왔습니다.

마아셔스 거 반가운 소식이다. 곰팡내 나는 쓰잘머리 없는 것들
쓸어버릴 기회가 온 셈이지. 저기 원로원 의원들이 오는 구나.

씨시니어스 벨루터스, 주니어스 브루터스, 코미니어스, 타이터스 라아셔
스, 기타 원로원 의원들과 함께 등장

---

5. 반어적 표현이다.

원로원 의원 1 마아셔스 장군, 당신 예측이 맞았소. ²¹⁰ 볼스키 족이 군사를 일으켰소.

마아셔스 쉽지 않을 겁니다.
그들에겐 오피디어스라는 명장이 있으니까요.
그의 고결함에 대해선 질투마저 느낍니다.
내가 내가 아니라면 내가 그였으면 하고
바랄 정도니까요.

코미니어스 그자와 겨뤄본 적이 있소? ²¹⁵

마아셔스 만일 이 세상이 둘로 나뉘어 싸우고,
그자와 내가 한 편이라면, 다만 그자와 겨루고 싶어
반란을 일으켰을 겁니다. 그자는 사자입니다.
그런 자를 사냥하는 건 명예로운 일이죠.

원로원 의원 1 그렇다면 마아셔스 장군,
코미니어스 장군과 함께 출전해 주시오. ²²⁰

코미니어스 마아셔스 장군은 이미 약속했소.

마아셔스 그렇습니다, 장군.
전 약속을 지킵니다. 근데, 타이터스 라아셔스 장군,
내가 오피디어스의 면상을 내려치는 거 한 번 더 보고 싶지 않소?
왜 이렇게 움츠려 있소? 빠지겠소?

라아셔스 그럴 리가, 마아셔스,
이번 전투에 빠지다니. 지팡이에 기대서라도 ²²⁵
적들과 싸우겠소.

메니니어스 참으로 장하시오!

원로원 의원 1 의사당으로 갑시다. 원로원의 중진들이
　　　　　우리를 기다리고 있소.

라아셔스 　　　　　　　[코미니어스에게] 앞장서시죠.
　　　　　다음은 마아셔스 장군이요. 우리가 그 뒤를 따르리다.
　　　　　장군은 그럴 자격이 있소.

230 **코미니어스** 　　　　　　자, 마아셔스 장군!

원로원 의원 1 집으로 돌아가시오, 어서!

마아셔스 　　　　　　　　아닙니다. 따라오게 두시죠.
　　　　　볼스키는 곡물이 많으니, 이 쥐 같은 놈들
　　　　　데려다 볼스키 곡간을 털어먹게
　　　　　해야겠습니다. 친애하는 폭도 여러분, 진정한

235 　　　　　용기란 바로 이럴 때 발휘하는 것이다. 자, 나를 따르라.

　　　　　마아셔스 퇴장. 민중들은 슬금슬금 도망친다.
　　　　　씨시니어스와 브루터스만 남고 모두 퇴장한다.

씨시니어스 이 마아셔스란 자보다 더 오만한 자가 있을까?

브루터스 없지요.

씨시니어스 우리가 민중을 대표하는 호민관으로 뽑혔을 때 —

브루터스 놈의 입가와 눈매를 보셨습니까?

씨시니어스 　　　　　　　　아니, 그보다도 놈의 독설에 —

240 **브루터스** 성만나면 신까지도 조소할 놈이죠.

씨시니어스 정숙한 달의 여신까지 조롱할 놈이지.

브루터스 이번 전쟁에서 죽어주면 딱 좋겠는데!

용감하면 답니까? 오만의 극치를 달리는 놈입니다.

씨시니어스 성질이 저런 놈은, 조금만 성공해도,

한낮에 오그라든 자기 그림자조차 경멸하지. 245

저렇게 오만한 자가 코미니어스 밑에서 고분고분

잘 지낼 수 있을까?

브루터스 그자의 목적은 오직 명예입니다 —

벌써 잔뜩 얻고 있습니다만. 명예는

이 인자가 얻기도 쉽고 유지하기도 쉽죠.

아무리 실패해도 그건 총사령관의 책임, 250

변덕스런 여론은 마아셔스를 추켜세우며,

"오, 마아셔스가 그 일을 했었더라면, . . ." 하고

울부짖을 것입니다.

씨시니어스 뿐만 아니라 일이 잘 되면,

마아셔스를 지지하는 여론은 코미니어스의

공적까지도 그의 탓으로 돌리겠지.

브루터스 그럼요. 255

코미니어스 공로의 절반은 이미 마아셔스 것입니다.

그리고 코미니어스의 모든 과오는 오히려

마아셔스의 명예가 될 거구요. 하는 일도 없이

열매만 따먹는 격이죠.

씨시니어스 자, 우리 가서,

일이 어떻게 돼 가고 있는지, 260

놈이 성질머리 죽이고 출전 준비는

제대로 하는지 살펴봅시다.

브루터스   예, 가시죠. [퇴장]

2장

코리올라이

오피디어스를 선두로 코리올라이의 원로원 의원들 등장

의원 1 그렇다면 오피디어스 장군,
로마가 이미 이쪽 계획이나 정황을
다 꿰뚫고 있다는 거요?

오피디어스　　　　　　안 그렇겠습니까?
이 나라에서 수립된 계획치고 로마가
알아채기 전에 실행되었던 일이 얼마나　　　　　　5
됩니까? 삼일 전에 이런 보고를 받았습니다.
여기 있었는데, 예, 여기 있습니다.

[보고서를 꺼내 읽는다.]

"로마가 군대를 징발하였으나, 동서
어디로 향할지는 알 수 없음. 기근이
심하여 민중 폭동 발생. 허나 로마군　　　　　　10
이미 징발. 지휘자는 코미니어스,
장군의 오랜 숙적 카이어스 마아셔스
(장군보다도 로마한테서 더 미움을 사고 있음),
그리고 로마의 용장 타이터스 라아셔스 이상 세 사람.

15   군의 행로는 불확실하나 아마도

오피디어스 장군 부대를 향하는 듯.

이점 유념하시길."

의원 1   우리 군대는 이미 출전해 있소.

로마의 반격쯤은 이미 예상한 바

아니요?

오피디어스   아니요, 이런 큰 계획은 스스로

20   모습을 드러내 저절로 로마에 알려질 때까지는

철저히 위장해야 하는 것입니다. 발각된 만큼,

목표를 축소해야 지요. 우리의 출전을

로마가 알기도 전에 여러 도시를

함락시킬 수 있었는데!

의원 2   오피디어스 장군,

25   어서 돌아가 군을 지휘해 주시오.

이 코리올라이의 수비는 우리에게 맡기고.

혹시 적들이 이곳까지 진격해 오면 그때나

장군의 지원군을 보내주시오. 뭐, 로마군이

여기까지 오기야 하겠소만.

오피디어스   아닙니다.

30   틀림없이 여기까지 노리고 있습니다.

아니, 그 이상이죠. 이미 로마군 일부는

이곳으로 향하고 있다고 들었습니다. 그럼 이만!

카이어스 마아셔스와 다시 마주치는 날엔

죽든 살든 결판을 내자고 그자와

약속이 되어 있습니다.

일동   신의 가호가 함께 하시길!

오피디어스 의원님들을 지켜주시길!

의원 1   무사히!

의원 1   무사히!

일동 무사히! [모두 퇴장]

3장

로마. 마아셔스 집의 한 방

마아셔스의 어머니 볼럼니아, 그의 아내 버질리아 등장. 두 사람 다 스툴에 앉아서 바느질을 하고 있다.

볼럼니아 얘야, 노래를 부르던가, 아니면 뭐라도 해서 좀 명랑해져 봐라. 내가 너라면 남편의 명예로운 출전을 더 기쁘게 여기겠다, 침실에서 사랑을 나누는 순간보다도. 그 애가 내 자궁에서 태어난 외아들이자 연약한 간난아이였을 때도, 늠름한 청년으로 자라 뭇사람의 시선을 끌 때에도, 하루만 보내달라고 여러 왕들이 간청했지만 어미로서 단 한 시도 그 애한테서 눈을 뗄 수 없었을 때도, 난 네 남편 같은 사람한테 가장 어울리는 건 명예라고 생각했단다. 아무리 훌륭한 사람도 명예라는 생명력이 없으면 벽에 걸린 초상화에 지나지 않는 거란다. 그래서 난 그 애가 명예를 얻을 수 있다면, 비록 외아들이지만, 위험천만한 전쟁터에 내보내는 것을 마다하지 않아왔다. 그러면 그 애는 떡갈나무 가지로 엮은 명예의 관을 쓰고 돌아왔지. 난 그 애가 사내아이로 태어났을 때보다 사내임을 입증해 보여주었을 때가 훨씬 더 기뻤단다.

버질리아 하지만 어머님, 혹 이번에 전사라도 하면—

볼럼니아 그 때는 그 애에 대한 훌륭한 명성이 내 아들이 되어 줄 거고, 난 거기서 후손을 찾게 되겠지. 진심으로 하는 얘기다. 만약 나한

테 아들 열둘이 있고, 하나하나가 다 마아셔스만큼 소중하다 해
도, 난 차라리 그 애들 중 열하나는 나라를 위해 목숨을 바치게
하겠다. 무위도식하게 놔두는 것보다는 말이다.

시녀 등장

시녀 마님, 발레리아 부인께서 오셨습니다.   20
버질리아 전 이만 물러가겠습니다.
볼럼니아 아니, 그래선 안 된다. 네 남편의
군고 소리가 이곳으로 들려오는 것만 같구나.
오피디어스의 머리채를 잡아 넘어뜨리고,
마치 어린애가 사나운 곰을 피해 달아나듯   25
볼스키 놈들이 그 애를 피해 도망치는 것이
보이는 것만 같구나. 그 애가 발을 구르며
"나를 따르라, 이 겁쟁이들아! 너희들은 로마의 피를
받았으면서도 겁쟁이 자궁 속에서 나왔느냐!"고
외치는 것만 같구나. 그리곤 피범벅이 된   30
이마를 닦아내며, 마치 전부 베어내지 않으면
품삯을 놓치는 농부처럼 맹렬히
돌진해 들어가는 것만 같구나.
버질리아 피범벅이요? 아, 쥬피터 신이여, 피만은!
볼럼니아 그만 둬라, 바보 같으니. 피야말로 대장부에겐   35
황금빛 기념비보다 더 잘 어울리는 것이다.
헥터에게 젖을 물릴 때의 헤큐바의 젖가슴도

그리스의 칼날을 경멸하며 피를 뿜던

헥터의 이마보다 아름답지 못했을 거다.

40   [시녀에게] 발레리아 부인께 들어오시라고 해라.

[시녀 퇴장]

버질리아 신들이시여, 제 남편을 저 무시무시한

오피디어스로부터 지켜주시옵소서!

볼럼니아 그 애는 반드시 오피디어스 놈의

머리를 떨어뜨리고 그 목덜미를 짓밟아 줄 것이다.

안내인을 동반한 발레리아와 시녀 등장

45   **발레리아** 두 분 모두 안녕하셨는지요?

볼럼니아 예, 부인.

버질리아 어서 오세요, 부인.

발레리아 어떻게들 지내세요? 정말 훌륭한 살림꾼들이시네요.

무슨 바느질을 하고 계신 거죠? 참 아름다운 문양입니다.

50   어린 아드님도 잘 있죠?

버질리아 고맙습니다. 잘 지낸답니다, 부인.

볼럼니아 그 애는 학교 선생님보다도 검을 좋아하고 군고 소리를 듣고

싶어 한답니다.

발레리아 세상에, 그 아버지에 그 아들이네요! 정말이지 예쁜 아이예요.

55   사실은, 수요일에 반시간 동안이나 아드님과 함께 하며 잘 살펴

봤답니다. 참으로 늠름한 용모를 갖추고 있더군요. 황금빛 나비

를 쫓고 있는 것을 봤는데, 잡았다간 놔주고, 잡았다간 놔주고,

그렇게 계속 반복하더니, 결국엔 다시 잡았죠. 그런데 그만 넘어졌어요. 그래 화가 나서인지 이를 악물고선 그 나비를 찢어버리지 않겠어요. 아, 갈기갈기 찢어 죽였답니다![6]

60

볼럼니아 그 애 아비도 성질나면 꼭 그랬죠.

발레리아 정말이지, 고귀한 성품을 지닌 아이예요.

버질리아 장난꾸러기랍니다, 부인.

발레리아 자, 바느질은 그만 치워두시고, 오늘 오후는 저와 함께 게으른 여편네들처럼 놀아보세요.

65

버질리아 아녜요, 부인. 밖엔 안 나가렵니다.

발레리아 안 나가시겠다고요?

볼럼니아 나갈 겁니다, 나갈 거예요.

버질리아 정말 아녜요, 죄송해요. 남편이 전쟁에서 돌아올 때까지는 절대 문 밖으로 나가지 않을 겁니다.

70

발레리아 너무 그렇게 지나치게 갇혀만 지내지 마세요. 자, 병석에 누워 있는 부인한테 병문안이나 가자고요.

버질리아 꼭 쾌차하시길 빌겠어요. 하지만 직접 찾아뵐 수는 없군요.

볼럼니아 도대체 왜 그러는 거니?

버질리아 수고스러워서도 아니고, 사랑이 부족해서도 아닙니다.

75

발레리아 페넬로피 왕비가 되고 싶으신가 보군요. 하지만, 아시잖아요, 율리시즈가 없는 동안 왕비가 뽑아낸 무명실은 그걸 먹고 사는

---

6. 나비 에피소드는 아버지 마아셔스와 그의 아들인 어린 마아셔스가 매우 닮았음을 표현해 주는 데에 큰 의미가 있다. 이것은 셰익스피어의 사극이나 비극에서 흔히 나타나듯 역사의 연속성 또는 반복성을 암시해주는 단초가 된다.

나방들로 이타카 왕국이 들끓게 했어요. 자, 부인이 깁고 있는 그 고운 천이 부인 손가락만큼이나 민감했으면 좋겠네요. 가여운 나머지 부인이 그만 찌르게요. 자, 같이 가요, 우리.

80

버질리아 아녜요, 부인. 용서하세요. 정말 갈 생각이 없답니다.

발레리아 아이 참, 같이 가자니까요. 당신 남편에 대한 멋진 소식을 알려줄 테니까요.

버질리아 아, 부인, 아직 소식이 있을 리가 없는데요.

85 **발레리아** 농담 아녜요. 어제 밤 그 분한테서 기별이 왔답니다.

버질리아 정말이요, 부인?

발레리아 정말이라니까요. 원로원 의원 한 분이 그렇게 말씀하시는 것을 들었어요. 볼스키 군대가 진격해왔는데, 이에 맞서 코미니어스 장군이 우리 로마 군의 일부를 이끌고 나가셨답니다. 부인 남편과 타

90 이터스 라아셔스 장군이 그들의 도시인 코리올라이 앞에 진을 치고 있고요. 우리 군세가 압도적이어서 전쟁은 금방 끝날 것 같답니다. 맹세코 이건 사실이에요. 그러니 제발 나와 같이 가자고요.

버질리아 용서하세요, 부인. 이 후엔 뭐든 말씀하시는 대로 따를 게요.

볼럼니아 그냥 내버려 두세요, 부인. 이래서야 우리 기분이나 망칠 겁니다.

95 **발레리아** 정말 같이 가셨으면 좋겠는데. 그럼 안녕히 계세요. 자, 그럼 가시죠, 부인. 버질리아, 제발 그 엄숙함은 문 밖으로 던져버리고, 우리랑 같이 가요.

버질리아 아뇨, 절대 아녜요, 부인. 정말 그럴 수 없답니다. 즐거운 시간 되시길 바랄게요.

100 **발레리아** 정 그러시다면, 안녕히 계세요. [일동 퇴장]

4장

코리올라이의 성문 앞

마아셔스, 타이터스 라아셔스가 고수와 기수들, 그리고 부대장과 사병들
과 함께 등장하여 코리올라이 성 앞에 선다. 그들에게 전령이 다가온다.

마아셔스 소식이 왔군. 한판 붙었다는 데에 걸겠소.

라아셔스 말을 겁시다. 아닐 거요.

마아셔스   좋소.

라아셔스   나도 좋소.

마아셔스 말해봐라, 사령관께서 적들과 한판 하셨느냐?

전령 적진영이 코앞이지만, 개전은 아직.

라아셔스 이제 그 말은 내 것이군.

마아셔스   다시 파시오.   5

라아셔스 팔지도 주지도 않겠소. 빌려드리죠,

반세기 동안만. 시민들을 불러내라.

마아셔스 적과의 거리는?

전령   일마일 반 이내입니다.

마아셔스 그렇다면 서로의 진격 나팔소리가 들리겠구나.

군신 마르스여, 비오니 우리가 비호같이 움직여   10

김이 피어오르는 검을 들고 적진으로 돌격해

전장의 전우들을 돕게 하소서. 자, 나팔을 불어라.

담판을 알리는 나팔을 분다. 두 명의 원로원 의원들이 다른 이들을 대동하고 코리올라이 성벽 위에 등장한다.

털러스 오피디어스, 그자가 성 안에 있느냐?

의원 1 없소. 그 사람보다 당신을 덜 두려워하는 이도 없고.
즉, 조금도 두렵지 않다는 거요. [멀리서 북 소리 들린다.]
15   들어라 군고소리를!
우리 젊은 병사들이 몰려올 것이다. 적들이
우리를 짓이기 전에 성벽을 박차고 나가자.
굳게 닫힌 저 성문도 갈대로 빗장을 지른 듯,
저절로 열릴 것이다. 들어라 저 군고소리를!

돌격 나팔소리가 멀리서 들려온다.

20   오피디어서 장군이다. 갈라진 네 놈들 사이에서,
그분이 어떻게 싸우는지 보거라.

마아셔스   오, 놈들이 왔다!
라아셔스 적의 고함소리가 우리를 인도하는구나. 사다리를 올려라!

성문이 활짝 열리고 볼스키 군들이 그들을 향해 달려든다.

마아셔스 놈들은 우리들을 두려워 않고 돌진해 오는구나.
자, 방패로 가슴을 가리고, 그 방패보다
25   더 굳센 의지로 싸워라. 진격하시오, 타이터스 장군.

놈들은 의외로 우릴 얕잡아 보고 있소.
화가 치밀어 땀이 다 나는구나. 자 병사들아!
한 발짝이라도 물러서는 자는 볼스키로 간주되어
내 칼에 죽을 것이다. 돌격하라!

돌격 나팔소리. 로마군은 패배하여 그들의 참호로 후퇴한다.
마아셔스 등장하여 욕지거리를 퍼붓는다.

마아셔스 남녘의 온갖 독기가 네 놈들에게 쏟아져라.   30
로마의 수치덩어리들아! 종기와 역병이
온몸에 퍼져 지나던 개도 피해갈 놈들아!
스쳐가는 바람에도 병을 옮길 놈들아!
사람의 탈을 썼으나 거위의 영혼을
가진 놈들아! 원숭이도 때려눕힐 노예 같은   35
놈들한테서 그 따위로 도망을 쳐? 지옥에나
떨어져라! 상처는 모두 등짝에 나있구나.
등은 벌겋고, 얼굴은 허옇고.
두려워 학질에 걸린 양 벌벌 떨다니!
돌아서서 돌진해라! 아니면 하늘에 맹세코,   40
네 놈들은 적이 되어 내 손에 죽을 것이다.
돌아와라, 돌아와! 너희들이 굳게 버텨준다면,
놈들이 우리를 참호 속으로 밀어붙였듯,
우리가 놈들을 마누라 곁으로
쫓아버릴 것이다. 자, 나를 따르라!   45

또 다른 돌격 나팔소리. 마아셔스는 적들을 쫓아 성문으로 달려간다.

마아셔스 자, 이제 성문이 열렸다. 진짜 군인임을 보여주자!

운명의 여신이 성문을 활짝 열어준 것은

쫓는 자를 위한 것이지 도망가는 놈들을

위한 것은 아니다. 자, 나처럼 하는 거다!

[마아셔스, 성문 안으로 들어간다.]

병사 1 미친 짓이야. 난 못해.

50 **병사 2** 　　　　　　　나도 못해.

　　　　　　　마아셔스 성문 안에 갇힌다.

병사 1 저것 봐. 갇혀버렸어. [나팔소리 계속 울린다.]

일동 　　　　　　　끝장이야. 틀림없어!

　　　　　　　타이터스 라아셔스 등장

라아셔스 마아셔스 장군은?

일동 　　　　　　　전사하셨을 겁니다, 틀림없이!

병사 1 도망치는 적들을 쫓아 성안까지 들어가셨는데,

그 순간 성문이 갑자기 쾅 닫혀버렸습니다.

55 마아셔스 장군님은 혼자서 성 전체와

싸우게 되신 겁니다.

라아셔스 　　　　　　　오, 마아셔스!

감각 없는 칼보다도 더욱 대담하여,

칼은 고개를 숙여도 절대 굽히지 않을 분!
하지만 오, 오, 마아셔스, 이렇게 떠나다니!
어떤 보석이 장군만큼 크고 값질 수 있겠소.   60
당신은 군인 중에 군인! 사납고 무섭게
적들을 타격하였을 뿐 아니라, 단지
당신의 성난 표정과 천둥 같은 포효만으로도
적들을 학질에 걸린 양 부들부들
떨게 했소!   65

성문이 다시 열리고, 마아셔스는 피투성이가 되어 적에게 공격을 받으
면서 나오고 있다.

병사 1   저, 저기 좀 보십쇼.
라아셔스   오, 마아셔스다.
구해내자. 안되면 운명을 같이 하는 거다.

적들에게 달려들어 싸우면서 모두 성안으로 들어간다.

5장[7]

몇몇의 로마인들이 약탈품을 가지고 등장

로마병 1 이걸 로마로 가지고 가야지.

로마병 2 나도 하나 건졌어.

로마병 3 염병할! 은인 줄 알았잖아.

[일동 퇴장]

돌격 나팔소리가 아직도 멀리서 계속된다. 마아셔스는 피를 흘리며, 라 아셔스는 나팔수를 대동하고 등장한다.

마아셔스 생쥐 같은 놈들! 틈 만 나면, 돈 되는 건 모조리

5   챙기지. 방석, 납 숟가락, 서푼짜리 칼,

사형집행인도 파묻을 죄수의 윗도리까지,

전쟁이 채 끝나기도 전에 뭐든 긁어모은다니까. 죽일 놈들!

가만, 저 소린 총사령관 진영에서 나는 건 데.

거기서 내 영혼의 원수 오피디어스가 로마군을

10 박살내는 것 같구나. 타이터스, 필요한

병력을 거느리고 이 도시를 지켜주시오.

나는 용감한 병사들을 모아 코미니어스 장군을

---

7. 많은 편집자들이 1막 5장의 배경을 '코리올라이의 한 거리'로 설정하곤 하지만, 전 장면과 꼭 장소를 변경할 필요는 없다(Bliss 131-2).

도우러 가겠소.

라아셔스   장군, 그토록 피를 흘리면서
계속 싸우는 건 무리요.

마아셔스   그런 말마시오.
아직 몸도 풀리지 않았소. 또 봅시다.   15
이정도의 출혈은 위험하기는커녕 건강에
도움을 줄 뿐이오. 이 채로 오피디어스 앞에 나타나
결판을 내겠소.

라아셔스   그렇다면 아름다운
운명의 여신이, 마아셔스만을 사랑하고
적의 칼끝은 모조리 빗나가게 하시길!   20
용맹하신 장군, 승전보가 하인처럼 뒤따를
것이요!

마아셔스   운명의 여신이 장군에게도
최상의 친구가 되어주길! 잘 있으시오.

라아셔스 비할 데 없이 훌륭한 마아셔스! [마아셔스 퇴장]
광장으로 나가서 나팔을 불어라.   25
거기서 코리올라이의 관리들을 집합시켜
우리의 뜻을 전하겠다. 자, 가거라! [퇴장]

6장[8]

코미니어스, 병사들과 퇴각하는 모습으로 등장

코미니어스 자, 전우들아, 여기서 한숨 돌리자.

모두들 잘 싸워주었다. 역시 로마인답게 잘 빠져 나왔어.

무모하게 저항하지도, 비겁하게 도망치지도 않았다.

어쨌든 명심하자, 적은 다시 쫓아올 거다.

5 전투 중에, 아군의 진격 소리가 바람에 실려

들려왔었다. 로마의 신들이시여, 우리의 승리만큼이나

저 아군들의 승리도 허락하시어, 우리 양군이

웃으며 해후하고 신께 감사의 제물을

바치게 하옵소서. [전령 등장]

무슨 소식이냐?

10 **전령** 코리올라이의 시민들이 쏟아져 나와

라아셔스 장군과 마아셔스 장군을 공격했습니다.

아군이 참호로 퇴각하는 것을 보고선,

이리로 달려왔습니다.

코미니어스   진실을 말하고 있으나

정확한 것 같지는 않구나. 언제 적 일이냐?

15 **전령** 한 시간 좀 더 되었습니다, 장군님.

---

8. 1막 4장의 참호로부터 1마일도 채 안 떨어져 있는 전쟁터의 어느 곳

코미니어스 일 마일도 안 되는 곳, 조금 전에도 아군의

군고소리를 들었다. 지척인 곳에서

한 시간이나 걸려 소식을 전하는

까닭이 무엇이냐?

전령   볼스키의 척후병들이

추격해 오는 통에, 3-4마일을 돌아서   20

와야 했습니다. 그렇지만 않았어도, 반시간 전에는

보고드릴 수 있었을 겁니다.

마아셔스 등장

코미니어스   저, 저게 누구냐?

껍질 벗긴 짐승처럼 온몸에 피를 뒤집어쓰고

나타난 자가? 오, 하나님! 마아셔스의 형상 그대로구나!

전에도 저런 모습을 본 적이 있다.

마아셔스 [멀리서]   제가 너무 늦었습니까?   25

코미니어스 마아셔스의 목소리를 다른 모든 하찮은 인간들의

목소리와 가려듣는 일은 목동이 천둥과

북소리를 구별하는 것보다도 쉽다.

마아셔스 [가까이 다가와서]   제가 너무 늦었습니까?

코미니어스 그렇소, 온 몸을 적시고 있는 것이 적의 피가

아니라 장군 자신의 피라면.

마아셔스   오, 청혼할 때처럼   30

강인한 이 팔로, 첫날밤 촛불에

이끌려 아내를 맞을 때처럼 기쁜 맘으로,
장군을 안게 해주십시오. [포옹한다.]

코미니어스   아, 용사 중의
용사여! 라아셔스는 어떻게 되었소?

마아셔스 사냥꾼이 가죽 끈으로 아첨하는 사냥개
35   다루듯, 사형과 추방, 그리고 배상금을
선고하거나, 자비를 베풀기도 하고, 때론 위협도
하면서, 속전속결, 코리올라이를 로마령으로
장악하고 있습니다.

코미니어스   조금 전 보고한 놈이
누구냐? 아군 부대가 참호 속으로 패주를 해?
그 놈 불러와! 당장!

40 **마아셔스**   그냥 두십시오.
그건 사실이었으니까요. 친애하는 우리 신사양반들만
아니었어도, 염병할! 오합지졸 호민관 놈들!
고양이한테 쫓기는 쥐새끼들처럼 혼비백산
도망치지는 않았을 텐데.

코미니어스   어떻게 전세를 역전시킨 거요?

45 **마아셔스** 자세한 얘기는 나중에. 그보다도
적은 어디에 있습니까? 완승을 하신 건가요?
아니라면, 왜 이렇게 어물거리는 겁니까?

코미니어스 실은 불리한 상황이어서 일단 후퇴를
했다가 다시 공격을 하려던 참이었소.

마아셔스　적의 진용은 어떻습니까? 적의 정예부대는 어디에　　　50
진을 치고 있습니까?

코미니어스　　　　　내 생각엔, 마아셔스 장군,
적의 최정예 앤티엄 부대가 선봉인데,
그 지휘자는 볼스키의 희망 중의 희망,
오피디어스인 듯하오.

마아셔스　　　　　부탁드리겠습니다.
우리가 함께 했던 모든 전투를 봐서,　　　　　55
우리가 같이 흘렸던 피를 봐서,
영원한 전우애에 대한 맹세를 봐서,
저로 하여금 오피디어스와 대결케 해주십시오.
그리고 장군께서도 지체하지 마시고,
검과 화살로 천지를 뒤덮으며 우리의　　　　　60
운명을 가늠해 보십시오.

코미니어스　　　　　따뜻한 물로 목욕을 시키고
향유나 발라주고 싶지만, 장군의 청을
차마 거절할 수가 없구려. 가장 쓸 만한
병사를 선발해 가시오.

마아셔스　　　　　가장 가고 싶어 하는 병사들을
데리고 가겠습니다. [병사들에게] 여기 만일 내 몸을　　　65
뒤덮은 이 피 칠을 사랑하는 자가 있다면 ─
없다고 생각한다면 그것은 죄악일 것이다 ─
여기 만일 일신의 안위보다 치욕을 더

두려워하는 자가 있다면, 여기 만일 비굴한
70   삶보다 용감한 죽음을 더 소중히
여기는 자가 있다면, 그리고 만일 자기 자신보다
조국을 더 사랑하는 자가 있다면, 그런 사람,
그런 의지를 가진 사람들은, 이렇게 칼을 들어
자신의 뜻을 밝히고, 이 마아셔스를 따르라!

병사들 모두 환호성을 지르며 그들의 검을 빼들어 흔든다. 그리고 그들 중
몇몇은 마아셔스를 공중으로 들어올리고, 그들의 투구를 허공에 던진다.

75   오, 나만을, 나를 너희들의 무기로 삼아주는 거냐?
이러한 모습이 너희들의 위선이
아니라면, 너희들 하나하나는 볼스키
네 명을 당해낼 수 있을 것이고, 너희 중
누구라도 저 대단한 오피디어스와 당당히
80   싸울 수 있을 것이다. 너희 모두 중,
그래 모두에게 감사한다, 하지만 일부만을
선발해 갈 수 밖에 없구나. 나머지
인원은 또 다른 전투에서 싸워다오.
이제 진격이다. 최고의 병사로 최고의
결사대를 조직하자.

85 **코미니어스**   자, 진격하라. 나의 병사들아!
이 당당한 모습을 실전에서도 보여 다오.
명예든 전리품이든 모두 함께 나눌 것이다.   [일동 행진하며 퇴장]

7장

코리올라이의 성문 앞

타이터스 라아셔스가 부관 한 사람, 정찰병 한 사람 및 다른 병사들과 함께 코리올라이 성문을 통해 등장한다. 그는 수비대로 하여금 코리올라이 시를 경비하게 하고서, 고수와 나팔수를 동반해 코미니어스와 마아셔스에게로 가는 중이다.

라아셔스 그럼, 성문 경비를 철저히 하고, 맡은 바 임무를

다 하도록. 그리고 전령을 보내거든,

100명의 지원군을 보내라. 나머지 병력으론

오래 버티지 못할 테니. 저 벌판에서 패하면

이 성도 끝장이다.

부관   걱정하지 마십시오, 장군님.   5

라아셔스 가서, 우리가 나간 즉시 성문을 닫아라. [부관 성문 안으로 퇴장]

자, 정찰병, 로마군 진영으로 안내하라. [일동 퇴장]

8장

전쟁터의 어느 곳

전투 중. 공격 나팔소리.
각기 다른 입구로부터 마아셔스와 오피디어스 등장

마아셔스 나는 네 놈하고만 싸우겠다. 나는 네놈이
약속을 깨는 놈보다도 싫으니까.

오피디어스 나도 마찬가지다.
아프리카의 어떤 독사보다도 네 놈의 명성이
가증스럽다. 꼼짝 말고 서 있거라.

5 **마아셔스** 먼저 도망가는 놈은 상대방의 노예로 죽어,
저승에서도 신의 저주를 받으리라!

오피디어스 내가 도망치거든, 마아셔스,
나를 토끼 몰 듯 몰아라.

마아셔스 불과 세 시간 전에
나는 너희 코리올라이를 혼자서 유린했다.
내 얼굴을 뒤덮고 있는 것은 내 피가

10 아니란 말이다. 자, 너의 복수를 위해 젖 먹던
힘까지 짜내 보거라.

오피디어스 네 놈이 그리스를
응징했노라 자랑하는 헥터와 같은

영웅이라 해도 내 칼은 피하지 못할 거다.

두 사람 싸운다. 그리고 몇몇의 볼스키 병사가 달려들어 오피디어스를
돕는다. 마아셔스는 맹렬히 싸워 그들이 숨을 헐떡이며 도망치게 한다.
계속 쫓아간다.

오피디어스 미련한 놈들, 주제 넘는 참견으로

날 치욕스럽게 만들었구나. [퇴장]   15

9장

로마 진영

요란한 나팔소리. 진격 나팔소리, 퇴각 나팔소리 모두 울린다. 한쪽 문
으로 코미니어스와 로마의 병사들이 등장하고, 또 다른 문으로 팔에 헝
겊을 동여맨 마아셔스가 등장한다.

코미니어스 오늘 장군의 활약상을 말한다면,

아마 장군 자신도 믿지 않을 것이요. 허나 나는

알릴 것이요, 눈물과 웃음이 범벅이 될

원로들에게도, 경탄해 마지않을 귀족들에게도,

5   놀람과 기쁨에 전율할 부인들에게도.

그리고 곰팡내 나는 민중들과 그대의 명예를

증오하는 우둔한 호민관들에게도 알리겠소.

놈들마저 부지중에 "오, 로마에 이 같은 용사가

있다니! 신의 은총이다"라고 외칠 것이요.

10   허나 이것은 장군이 만끽한 승리의

만찬에 비하면 부실한 말의 성찬일 뿐이요.

타이터스 라아셔스, 적을 추격하다 병사들과 더불어 등장

라아셔스 오, 장군! 장군이 준마라면, 우리는

거기에 붙어 다니는 마구에 지나지 않소.

만약 장군이 보셨더라면 -

마아셔스   제발 이러지들 마십시오.

자식을 자랑할 특권을 가진 어머니가   15

칭찬할 때도 나는 맘이 불편합니다. 여러분처럼,

할 일을 했을 뿐입니다. 여러분이 그랬듯이,

조국의 부름에 따른 것뿐입니다. 오직 자신의

애국심을 실천한 사람이라면 누구나

이 마아셔스보다 훌륭합니다.

코미니어스   자신의 공훈을   20

스스로 매장하는 것은 허락될 수 없소. 로마는

자신의 가치를 알아야만 하오. 최고의

찬사도 부족한 장군의 공적을

숨기고 침묵하는 것은 도적질보다 더 나쁜

은폐요, 명예훼손이요. 그러니 부디 전군 앞에서   25

하는 내 말을 들어주시오. 이것은 장군의

가치를 알리려는 것이지 장군의

공적에 보상을 하려는 것이 아니요.

마아셔스 전투에 대한 기억을 되살리시면, 잊었던

부상의 고통까지 되살아날 것 같아   30

안되겠습니다.

코미니어스   아니요. 그 상처는 기억해주지

않으면, 배은망덕으로 곪아 썩어 들어가

마침내 치명상이 될 것이요. 장군에겐

전쟁터와 성 안에서 노획한 군마와-

35 　명마들을 잔뜩 잡아놨소-전리품 전체의

십분의 일을 선사하겠소. 모든 병사에게 분배하기 전에

가장 맘에 드는 것을 고르시오.

마아셔스　　　　　　　　　　감사합니다, 장군.

하지만 제 검에 뇌물을 지불하실

필요는 없습니다. 사양하겠습니다.

40 　내 전투를 응원해 준 모든 이들과

공평하게 나누겠습니다.

긴 나팔소리. 일동 일제히 '마아셔스! 마아셔스'를 외치면서, 투구와 창
들을 허공 위에 내던진다. 코미니어스와 라아셔스도 투구를 벗고 경의
를 표하며 서있다.

너희들이 모독하고 있는 그 악기들이 다시는

소리 내지 않기를! 군고와 나팔이

전쟁터의 아첨꾼이 될 판이라면, 온 세상이 다

45 　가면 쓴 아첨꾼들로 뒤덮이길! 전사의

철갑옷이 궁궐 식객의 비단 옷만큼 부드러워진다면,

그 때나 개선의 환호를 듣게 하자! 자, 이제 그만!

내가 코피를 미쳐 못 닦았다고 해서,

또 어떤 빌빌한 적들을 혼내줬다 해서,

50 　많은 이들이 눈에 안 띄게 해온 일인데,

내가 마치 나의 보잘 것 없는 공헌에 대해

거짓말로 양념을 친 찬사를 받아먹고 싶어

안달하는 사람인양, 그렇게 과장된

호들갑 떨 거 없다.

코미니어스   지나친 겸손이오.

모두들 진실 그대로 찬양하는 것뿐인데,   55

감사는커녕, 자신의 명예에 대해서조차 잔인하구려.

그토록 자신을 학대하겠다면, 장군의

안전을 위해 수갑을 채우고서라도 계속 말하겠소.

우리 모두에게, 아니 온 세상에,

이 번 전쟁의 승리의 화환을 쓸 사람은 바로   60

카이어스 마아셔스라는 것을 알려라. 그 기념으로

명성이 자자한 내 준마와 마구를

그에게 선사할 것이다. 또한 이 시간 부로,

코리올라이에서의 그의 업적을 기리기 위해,

우리 모두 박수와 환호로 그를   65

'마아셔스 카이어스 코리올레이너스'⁹라고 부르자!

이 명예의 칭호를 영원히 간직해주시오!

---

9. 원래의 이름 순서는 카이어스 마아셔스이나 코리올레이너스란 칭호를 덧붙이면서
셰익스피어는 '마아셔스 카이어스 코리올레이너스'라고 일관되게 표기한다. 피터
홀란드(Peter Holland)에 따르면, 로마는 관습적으로 공식적인 행사에서는 가족명을
개인명 앞에 사용했는데, 이런 맥락에서 가족명인 마아셔스를 개인명인 카이어스
앞에 붙인 것으로 볼 수 있으며, 이밖에 '마아셔스'(Martius)를 앞서 말함으로써 더
욱 강조해, 마아셔스가 전쟁의 신 마아스(Mars)를 연상시키도록 하려는 의도로도 볼
수 있다고 한다(Holland 210).

요란한 나팔소리. 나팔과 북이 울린다.

일동   마아셔스 카이서스 코리올레이너스!

코리올레이너스   좀 씻어야겠습니다.

얼굴이 깨끗해지면, 내가 얼굴을 붉히고

있는지 아닌지 아실 겁니다. 아무튼

감사합니다. 주신 말은 잘 타겠습니다. 그리고

언제나 이 명예의 칭호를 투구 위의

장식처럼 지니며 그에 걸맞은

삶을 살겠습니다.

코미니어스   자, 그럼 우리 막사로 갑시다.

취침 전에 로마에 승전보를 써 보내야겠소.

라아셔스, 당신은 코리올라이로 돌아가

로마로 보낼 적임자를 찾아주시오.

그들과 우리, 양자 모두를 위한 조약을

맺어야 하니까.

라아셔스   알겠습니다, 장군.

코리올레이너스 신들은 나를 조롱하기 시작하나 봅니다.

최상의 선물도 사양하겠다고 했지만,

벌써 부탁드릴 것이 있군요.

코미니어스   뭐든지! 그게 뭐요?

코리올레이너스 일전에 코리올라이에 있는 한 가난한 자의 집에

신세를 진 적이 있었습니다. 절 친절하게

대해 주었죠. 포로가 된 그자가 도와달라고   85
소리치는 걸 보았는데, 때마침 오피디어스가
나타나 격분한 나머지 그자를
돌봐줄 여유가 없었습니다. 부디
그 불쌍한 자를 풀어주시기 바랍니다.

코미니어스   잘 부탁했소.
그자가 비록 내 자식을 죽인 살인자라 해도,   90
그는 바람처럼 자유로울 것이요.
그를 석방하시오, 타이터스 장군.

라아셔스 마아셔스 장군, 그의 이름은?

코리올레이너스   맙소사! 잊어버렸소!
사실 너무 기진맥진해 아무 생각이 없소.
여기 포도주 좀 없습니까?

코미니어스   막사로 갑시다.   95
장군의 얼굴에 피가 말라 가고 있군.
치료를 받아야 할 때요. 자, 갑시다.

[모두 퇴장]

10장

코리올라이 외곽 지역

요란한 나팔소리. 코넷 소리
오피디어스 피투성이가 되어 2, 3명의 병사들과 등장

오피디어스 코리올라이를 빼앗겨 버렸어!

병사 1 때가 되면 다시 되찾을 수 있을 겁니다.

오피디어스 때가 되면!

차라리 로마인이었으면 좋겠구나. 볼스키인인 지금
나를 용납할 수가 없으니! 때가 되면이라?
패자에게 무슨 좋은 때가 있겠느냐?
마아셔스, 너와 다섯 번이나 싸웠지만
모두 패했고, 앞으로도 우리가 밥 먹듯
자주 만나더라도 다르지 않겠지.
하늘에 맹세코 그자와 다시 맞붙는 날엔,
내가 죽든, 그자가 죽든, 결판을 낼 것이다.
경쟁하는 것만도 명예라고 생각해왔지만,
이젠 아니다. 정정당당? 필요 없어!
홧김에건, 계략으로든, 수단방법 안 가리고
무조건 해치우겠다.

병사 1 그 놈은 악마입니다.

오피디어스 악마보다도 더 대담하지, 그만큼 교활하진

않아도. 그 놈에게 더럽히고 나니 내 용기도

썩어버리고 말았다. 잠을 자든, 성소에 있든,

벌거벗었든, 병들었든, 사당이건, 신전이건,

사제가 기도를 하던, 의식 중이던,   20

내 분노를 막아설 어떠한 것도 썩어빠진

특권과 관습을 내세우며 마아셔스를 향한

내 증오를 제어치 못할 것이다.

그놈이 눈에 띄기만 하면, 설령 내 집에서

형제의 보호 하에 손님으로 있다 하더라도,   25

예의고 뭐고 내 사나운 손으로 놈의 심장을

가를 것이다. 너는 코리올라이로 가라.

방비 태세는 어떤지, 로마로 갈 인질들은

누구인지 알아 오너라.

병사 1   장군님은 안가십니까?

오피디어스 나는 삼나무 숲에서 기다리고 있겠다.   30

시의 방앗간 남쪽이다. 그리로 세세한 정보를

가지고 오거라. 거기에 맞춰서

움직일 생각이니까.

병사 1   알겠습니다, 장군님. [모두 퇴장]

2막

1장

로마. 대중들이 모이는 어떤 곳

메니니어스, 두 호민관 씨시니어스와 브루터스와 함께 등장

메니니어스 점쟁이는 오늘 밤 안으로 소식이 있을 거라는군.

브루터스 좋은 쪽일까요, 나쁜 쪽일까요?

메니니어스 민중들의 바람대로는 아닐 거요. 그들은 마아셔스를 싫어하
지 않소.

5   **씨시니어스** 짐승이라도 제 친구는 알아봅니다.

메니니어스 그럼 물어보겠는데, 늑대는 무엇을 좋아하지?

씨시니어스 새끼양이지요.

메니니어스 맞았소. 먹어치우려고. 마치 굶주린 민중들이 고결한 마아셔
스를 잡아먹으려고 난리 치는 것처럼.

10   **브루터스** 그래요. 그 사람은 새끼양이죠. 우는 소리는 꼭 곰 같지만.

메니니어스 그렇소. 그 사람은 곰이요. 그렇지만 평소엔 새끼양이지. 당
신들은 모두 나이께나 자셨으니, 한 가지 물어봅시다.

두 사람 그러시지요.

메니니어스 마아셔스가 기껏 당신들만큼 갖고 있을 그 결점이란 게 뭐길
15   레, 맨날 생난리요?

브루터스 결점? 어디 한둘이요, 그것도 모두 엄청난 것뿐이지.

씨시니어스 특히 그 오만함이란!

브루터스 호언장담엔 당할 자가 없지.

메니니어스 허참 이상하네. 당신네들이 지금 이 로마에서 어떤 평판을 얻고 있는지 아시요? 아, 내말은 우리 오른쪽 줄에 서는 것들 사 20 이에서 말이요.

두 사람 뭐요? 아니, 우리 평판이 뭐 어떻다는 거요?

메니니어스 당신들이 마아셔스를 오만하다고 하니 하는 말이오만— 화 내진 마시요? 25

브루터스 아, 아, 좋소, 좋다니까요.

메니니어스 뭐 크게 상관은 없소. 사소한 시비거리만 생겨도 당신네 인 내심은 바닥을 드러내니까. 고삐를 맘껏 풀고, 내키는 대로 화를 내시오. 그렇게 해야 직성이 풀린다면 말이요. 마아셔스가 오만 하다고 비난하셨소? 30

브루터스 우리만 그러는 것이 아니요, 의원님.

메니니어스 알아요, 당신들은 무슨 일이든 혼자서는 못하니까. 언제나 남의 등에 올라타지. 그렇지 않으면 당신들이 하는 일은 정말 놀 라울 만큼 단순해. 혼자서는 정말 어린애 같다니까. 그러면서도 마아셔스가 어쩌구, 오만이 어쩌구? 당신들이 눈알을 뒤집어 자 35 기 목구멍 속을 들여다 볼 수 있으면 좋으련만! 아, 정말 그럴 수 만 있다면!

두 사람 그럼 어떻다는 거요?

메니니어스 그럼, 이 로마에서 둘도 없이 무가치하고, 거만하고, 포악하고, 성깔 사나운 한 쌍의 관리들, 일명 바보들을 구경하게 될 거라고.

씨시니어스 메니니어스 의원 나리, 나리께서도 세평이 어지간하시던데요.

메니니어스 세평이 어지간해? 그렇지. 변덕쟁이 귀족, 타이버 강물을 단한 방울도 섞지 않는 독주를 사랑하는 술주정뱅이, 고소인만 편드는 덜떨어진 놈, 성미는 불같고, 아침의 머리보다는 밤의 궁둥이와 교제하기를 좋아하는 놈. 평판이 자자할 테지. 그러나 무엇보다도 나는 생각하면 뱉고야마는 독설가라네. 당신들 같은 대단한 정치인들을 만나니 ─ 그렇다고 당신들이 라이커거스만큼 대단하다는 건 아니고 ─ 난 내가 대접받은 술이 입에 맞지 않으면 얼굴을 찌푸린다고. 상대방 말 속에 바보 같은 얘기가 섞여 있다는걸 알면서도 "나리 정말 말씀 잘 하셨습니다" 라고는 못해. 당신네들이 존경스럽고 위엄 있다고 말하는 것까지는 참아주겠지만, 당신들이 잘 생겼다고 말하는 건 새빨간 거짓말이라고 욕해주겠소. 당신들이 소우주인 이 얼굴에서 나의 이런 기질을 알아본다면, 자연스럽게 내 평판에 대해서도 알지 싶소만? 하긴, 내 평판이 자자한들, 당신들 장님 같은 눈으로 내 인격에서 무슨 흠을 잡을 수 있겠소?

브루터스 자, 자, 의원님, 우린 당신에 대해 아주 잘 알고 있소.

메니니어스 아니, 당신들은 나는 물론이고, 당신 자신도, 그 밖의 어떤것도 몰라. 가난한 자들이 모자를 벗고 다리를 구부리며 하는 인사나 받고 싶어 안달이지. 당신네들은 귤 장수 아줌마와 술병마개 장사꾼 사이의 소송을 듣느라 귀중한 오전 시간을 허비하고는

정작 그 서푼짜리 재판을 다음 기일로 미룬다니까. 소송 당사자
끼리의 진술을 듣다가 배탈이라도 나면, 무언극 배우들처럼 얼굴
을 일그러트려선 붉은 깃발을 마구 흔들며 요강을 가져오라고 고 65
래고래 소리를 치지. 덕분에 재판은 엉망이 되고 사건은 더욱 꼬
여버리는 거야. 재판을 하면서 당신들이 얻어내는 평화란 양쪽을
다 악당이라고 부르는 것뿐이고. 하여간 당신들은 참 희한한 한
쌍이오.

브루터스 당신은 밥상머리 수다쟁이로서는 완벽하지만, 원로원 의원으 70
로서는 전혀 쓸모가 없다는 걸 로마에선 모르는 사람이 없소.

메니니어스 제법 웃기는 군. 신전의 제관들마저 웃길만해. 당신들이 아
무리 사리에 맞는 말을 해도 그 수염은 흔들 가치도 없지. 당신네
수염은 옷 수선공의 방석 재료로 쓰거나, 당나귀 안장에 쑤셔넣
는 것도 과분할 판이요. 그런데도 당신들은 마아셔스가 오만하다 75
고 말하고 있지. 그 사람은 아무리 싸게 쳐도 듀칼리온 대홍수[10]
이래의 당신네 모든 조상들을 다 합친 것만큼이나 가치가 있소.
모르지, 그 조상들 중 제일 대단한 몇 사람은 대대로 내려온 교수
형 집행관 정도는 될지도. 안녕히, 호민관 나리들. 짐승 같은 민
중들의 우두머리인 당신들과 더 어울리다간 내 머리가 어떻게 될 80
것 같아. 이만 헤어집시다.

　　　　브루터스와 씨시니어스 한쪽 구석으로 물러선다.

---

10. 노아의 홍수를 연상시키는 그리스 신화의 대홍수이다. 제우스가 인류를 파멸시키
　　기 위해 일으킨 대홍수에서 듀칼리온은 그의 아내 피라와 함께 살아남는다
　　(Holland 221).

볼럼니아, 버질리아 등장

아! 안녕하십니까! 하강한 달의 여신들도 부인들보다 더 아름답
지는 못할 것 같군요. 근데 무척 분주해 보이십니다?

볼럼니아 메니니어스 의원님, 내 아들 마아셔스가 돌아오는 중이랍니다.
같이 가시죠.

85 **메니니어스** 예? 마아셔스가 온다고요?

볼럼니아 그렇다니까요. 커다란 명예를 짊어지고서요.

메니니어스 [모자를 벗어 공중 높이 내던지며] 주피터 신이여, 감사합니다. 아,
마아셔스가 정말 돌아옵니까?

버질리아 예, 정말이에요.

90 **볼럼니아** 보세요. 이게 우리 아들한테서 온 편지입니다. 원로원 앞으로
한 통, 아내 앞으로도 한통, 그리고 의원님한테도요. 댁에 배달되
어 있을 거예요.

메니니어스 밤새도록 축배를 들어야겠습니다. 내 집이 휘청거릴 때까지
요. 나한테도 한통이라고요?

95 **버질리아** 그렇다니까요, 제가 틀림없이 보았습니다.

메니니어스 나에게도 한통! 아, 이것으로 나는 7년은 더 장수할 것 같구
나. 그동안은 의사를 비웃어줘야지. 그리스의 명의 게일린[11]의 신
묘한 처방도 엉터리에 불과해서 말에게 먹이는 약만도 못 하다고.
그래 부상은 입지 않았나요? 다치는 걸 예사로 아는 사람이라서.

---

11. 서기 2세기의 그리스 명의로, 그의 의서는 셰익스피어 시대에도 여전한 권위를 인
정받고 있었다(Holland 223).

버질리아 아, 아니, 아녜요.　　　　　　　　　　　　　100

볼럼니아 이번에도 다쳤답니다. 난 그 점 오히려 신들에게 감사드려요.

메니니어스 저도 그렇습니다, 치명상만 아니라면! 승리를 호주머니에 챙
　　　　겼다면, 상처도 좀 나야 제격이죠.

볼럼니아 이마 위에 챙겼답니다. 그 애가 떡갈나무 관을 쓰고 귀환하는
　　　　게 이번이 세 번째예요.　　　　　　　　　　　　105

메니니어스 오피디어스를 제대로 혼내주었답니까?

볼럼니아 라아셔스 장군의 서신에 따르면, 둘이서 싸우다가 오피디어스
　　　　가 줄행랑을 쳤다는군요.

메니니어스 제때에 잘 도망갔네요, 내 분명히 말하지만. 마아셔스와 계
　　　　속 싸웠다면, 난 코리올라이의 모든 금고와 그 안의 황금을 다 준　110
　　　　다 해도 결코 오피디어스가 되고 싶진 않았을 겁니다. 원로원에
　　　　도 이 사실이 전해졌나요?

볼럼니아 자, 여러분 가시죠. 예, 예, 예, 총사령관께서 원로원에도 서신
　　　　을 보내셨더군요. 거기서 전쟁의 모든 영광을 제 아들에게 돌리
　　　　면서 이번 승리는 그 애의 이전 모든 전과를 배 이상 앞서는 것이　115
　　　　라고 칭송하셨어요.

발레리아 실은, 마아셔스 장군에 대한 엄청난 얘기들이 돌고 있어요.

메니니어스 엄청난! 오, 내 장담하건대, 그럴만한 자격이 있고말고요.

버질리아 신들께서 그러한 말들이 모두 사실임을 입증해 주시길.

볼럼니아 사실? 오, 이런 허허!　　　　　　　　　　　　120

메니니어스 사실이요? 맹세컨대 그 말들은 모두 사실입니다. 근데 어디
　　　　를 다쳤답니까? [두 호민관에게] 아, 두 각하, 자주 뵙습니다! 마아셔

스 장군이 돌아온답니다. 이제 더 오만해지게 생겼습니다, 그 사람. [볼럼니아에게] 어디를 다쳤다고요?

125 **볼럼니아** 어깨와 왼쪽 팔이예요. 상처가 제법 크답니다. 그 애가 집정관에 출마하면, 모든 민중들이 볼 수 있을 거예요. 그 애는 타아퀸[12]을 물리쳤을 때도 일곱 군데나 상처를 입었었답니다.

메니니어스 목에 하나, 허벅지에 하나, 도합 아홉 군데 상처를 입었던 것으로 기억합니다.

130 **볼럼니아** 이번 출정 전에 그 애는 이미 스물다섯 군데의 상처를 갖고 있었지요.

메니니어스 그럼 이제 스물일곱 군데의 상처자국이 생긴 거군요. 그 하나하나가 적의 무덤이 되었었던 겁니다. [고함소리와 요란한 나팔소리] 잠깐만요. 나팔소리입니다.

135 **볼럼니아** 마아셔스가 오는 소리군요. 언제나 그 애 앞에는 요란한 환호가, 뒤에는 패한 적군의 눈물이 따르죠. 그 늠름한 팔에는 무서운 죽음의 신이 깃들어 있어, 한 번 휘두를 때마다 목이 떨어지는 놈들이 생긴답니다.

한 번의 세넷(나팔 신호) 소리. 나팔들이 울린다. 총사령관 코미니어스, 타이터스 라아셔스가 등장하고, 그 두 사람 사이로 떡갈나무 관을 쓴 코리올레이너스가 등장한다. 부대장과 병사들, 그리고 전령 한사람을 대동하고 있다.

---

12. 타르퀴니우스 수페르부스(~495 BC). 폭군으로 유명한 로마의 마지막 왕으로서 그의 아들 타르퀴니우스 섹스투스가 정숙한 부인인 루크레티아를 강간한 사건 이후 로마로부터 축출되었으며, 코리올레이너스가 참전한 레길루스 호수 전투에서 패배하였다(Holland 225).

전령 로마 시민 여러분, 알려드립니다. 마아셔스 장군은

혈혈단신 콜리올라이 성 안에서 분투하셨던 바,   140

마아셔스 카이어스에 이은 또 하나의 이름,

즉 '코리올레이너스'란 영예의 칭호를 얻게 되셨습니다.

코리올레이너스 장군님의 로마 귀환을 환영합시다!

[요란한 나팔소리]

일동 로마에 귀환하신 것을 환영합니다. 코리올레이너스 장군 만세!

코리올레이너스 이제 그만해 주시오. 이러면 난 오히려 괴롭소.   145

자, 제발, 그만둬 주시오.

코미니어스   보시오, 장군, 어머니가 오셨소!

코리올레이너스 어머니! 이번 승리도 모두 어머님

기도 덕분입니다. [무릎을 꿇는다.]

볼럼니아   아니다, 내 장한 전사여, 일어서거라.

내 착한 마아셔스, 자랑스런 카이어스,

그리고 아, 뭐였더라, 새롭게 얻은 영예의, . . .   150

코리올레이너스? 나도 그렇게 불러야 하니?

하지만, 아, 네 집사람이. . . .

코리올레이너스   내 새침데기 색시, 잘 있었소?

이기고 돌아온 남편을 보고 울고 있으니

내가 관에 담겨 돌아와야 웃어줄 참이요?

아, 여보, 그런 눈물은 코리올라이의 과부들과 자식 잃은   155

어미들에게나 어울리는 거요.

메니니어스   아, 신들께서 장군에게 면류관을!

코리올레이너스 여전하시군요? [발레리아에게] 아, 부인, 실례했습니다.

볼럼니아 눈을 어디다 둬야 할지. . . . 오, 여러분 모두 환영합니다.

잘 오셨습니다, 장군님. 잘들 돌아오셨어요, 모두들요.

160 **메니니어스** 천번 만번 환영하다마다요. 울고 싶기도 하고,

웃고 싶기도 하고, 가볍기도 하고,

무겁기도 하고. 아무튼 환영입니다!

여러분을 환영하지 않는 놈은 심장의

뿌리까지 저주를 받게 될 거요. 세 분은

165 온 로마가 흠모해야 할 분들이오만, 여러분의

취향엔 도저히 접붙일 수 없는 몇몇 늙은

돌능금들[13]이 있어요. 아무튼 환영합니다!

뭐라 하던, 쐐기풀은 쐐기풀이고 바보들의

짓거리는 바보스러울 뿐이니까요.

170 **코미니어스** 여전하시군요.

코리올레이너스 메니니어스님이 어디 가시겠습니까.

전령 길을 비키시오, 자, 가시죠.

코리올레이너스 [볼럼니아에게] 손을. [버질리아에게] 그리고 당신 손도!

집으로 돌아가 휴식을 취하기 전에,

175 귀족들을 예방해야겠습니다. 환영도 해주고,

새로운 명예도 주었으니까요.

볼럼니아   오래 사니까 좋구나.

소망하고 꿈꿔오던 것들을 네가

---

13. 씨시니어스와 브루터스를 빗댄 말.

하나하나 실현해주니. 다만 한 가지
미흡한 것이 있지만 그것도 곧 로마가
반드시 네게 부여해줄 거다.

코리올레이너스　　　　　　　어머니, 저는 그들의 　　　180
방식대로 그들의 지배자가 되기보다는 차라리
제 방식대로 그들의 종이 되겠습니다.

코미니어스　　　　　　　　자, 의사당으로!

[요란한 나팔소리. 코넷 소리. 전과 같이 위풍당당하게 퇴장]

브루터스와 씨시니어스, 앞으로 나온다.

브루터스　그 사람 얘기를 하지 않는 사람이 없습니다.
눈이 나쁜 사람은 안경을 끼고서라도
그를 보려 들고, 수다스런 유모들도 애가 　　　185
보채거나 말거나 울거나 말거나
그자 얘기만 하고 있습니다. 부엌데기 아낙들도
재투성이 목에다 번드르한 마후라를 두르고
그자를 보려 담벼락에 기어오릅니다!
가게도 진열대도 창문도 초만원이고요! 　　　190
지붕 끝자락에도 갖은 표정의 인간들이
매달려 있습니다, 오로지 그자를
보려고요. 신전에 있어야 할 제관들마저
자리싸움하느라 민중들과 실랑이를 벌이고,
베일을 쓰던 귀부인들까지 태양신의 　　　195

이글대는 키스에 화장발이 뭉개지는 것도
모르고 거리에서 아우성을 치고 있습니다.
정말 대단한 소동입니다. 어떤 신이
남몰래 저자의 인간적 능력 속에 신성이라도
불어넣어준 양 야단법석이니, 원 참!

200 **씨시니어스**   조만간
그자가 집정관이 될 거요, 틀림없이!

브루터스   그럼 그자가
통치하는 동안 우리는 낮잠이나 자야겠지요.

씨시니어스 허나 그자는 직분을 처음부터 끝까지
온전하게 수행할 만한 자제심이 없어. 분명,
낙마할 걸세.

브루터스   그 점 때문에 안심입니다.

205 **씨시니어스**   걱정 마시오.
민중들은 원래 그자를 미워하고 있으니까,
조금만 자극을 받아도 그자의
온갖 명예는 다 잊어버릴 것이요. 그런 기회를
그자는 반드시 줄 거요. 오만해 봐서,
틀림없이!

210 **브루터스**   그자가 단언하는 걸 들었습니다.
자기가 집정관 후보가 되더라도, 절대로
광장에 나가지도, 겸손을 상징하는 누더기 옷을
걸치지도 않을 것이고, 또 민중들에게 상처를

보이며 그 악취 풍기는 입들에게 추천의

발의를 사정하지도 않겠다는 겁니다.   215

관례인대도 말입니다.

씨시니어스   그거 참 잘됐군.

브루터스 분명히 그렇게 말했습니다. 오, 그자는

차라리 그런 직책 없이 그냥 지내려 할 것입니다.

신사계급[14]이 간청하거나 귀족들이 열망하지

않는다면 말이죠.

씨시니어스   실제로 그렇게만 해준다면   220

더 이상 바랄 게 없지.

브루터스   십중팔구 그럴 겁니다.

씨시니어스 그럼, 우리들이 바라는 대로, 그자는

파멸이요.

브루터스   그 놈이 파멸하든가, 우리가

파멸하든가 둘 중 하나입니다. 그놈이

아직도 민중을 증오한다는 사실을   225

차제에 확실히 주입해줘야 합니다.

그 놈은 민중들을 나귀같이 혹사하면서

입도 뻥끗 못하게 하고 자유마저

---

14. 신사계급(gentry)은 로마시대가 아니라 셰익스피어 시대 영국사회의 계급구조를
    나타내는 것으로, 당시 영국 관객들에게는 로마와 영국사회를 연결시켜 생각해볼
    수 있도록 하는 한 동기가 될 수 있었을 것이다. 신사계급은 일반적으로는 토지를
    소유한 지주 계층으로서 귀족 아래, 그리고 자경농인 요맨 계층 위에 위치했다.

박탈하려는 거라고, 또 민중들을 짐이라도
230 나를 수 있으면 먹이를 얻어먹고
지쳐 쓰러지면 몽둥이 찜질이나 당하는
낙타만도 못한 존재로, 인간적 가치나
능력도 없는 존재로 여긴다고
속삭여 주는 겁니다.

씨시니어스   민중들이 그 놈의 오만불손에
235 격분하고 있을 바로 그 때 ─ 놈을 자극하는 건,
개들이 양떼에 달려들게 만드는 것만큼이나
쉬우니까 ─ 그런 말을 넌지시 민중들의 귀에
넣어준다면, 민중들은 마른 나무 가지 불 붙듯
타오를 것이고, 그 불길은 놈을 영원한
암흑 속에 묻어버릴 것이요.

전령 등장

240 **브루터스**   무슨 일이냐?

전령 의사당으로 오시랍니다. 마아셔스 장군이
집정관이 되실 모양입니다. 벙어리와 장님까지
그분을 보거나 목소리라도 들으려
몰려들고 있습니다. 그분이 지나갈 때
245 중년 부인들은 장갑을, 젊은 귀부인과 아가씨들은
목도리나 손수건을 그분한테 내던집니다.
귀족들은 조우브신의 동상을 대하듯

허리를 굽히고, 민중들은 모자의 소낙비를

만들고 환호의 뇌성을 울리고 있습니다.

난생 처음 봅니다!

브루터스　　　　　　　　의사당으로 가서,　　　　　　250

우선 우리의 눈과 귀를 동원해야겠습니다.

그러고 나서 용기도.

씨시니어스　　　　　　　그렇게 합시다. [일동 퇴장]

2장

로마 의사당

의사당 안인 듯, 두 명의 관리가 등장하여 방석을 놓는다.

관리 1 자, 어서 하자고, 시간이 거의 다 됐어. 헌데 집정관 후보가 몇 명
이라고 했지?

관리 2 세 사람이라고는 하는데, 누구나 코리올레이너스 장군이 될 거라
고 생각하고 있지.

5 **관리 1** 정말 용감한 분이지. 하지만 지독하게 오만하고 민중들을 싫어한
다고.

관리 2 사실 말이지, 자기들을 좋아하지도 않는 민중들에게 아양을 떨었
던 명사들도 많았고, 민중들이 이유도 모르면서 좋아하는 명사들
도 많았지. 그런데 민중들이 이유도 제대로 모르면서 좋아할 수
10 있다면, 마찬가지로 별 근거도 없이 싫어할 수도 있단 말일세. 그
러니까 코리올레이너스 장군은 민중들의 그러한 습성을 잘 알고
있는 터라, 아예 자기를 좋아하든 싫어하든 개의치 않는 거고. 그
귀족다운 무관심을 민중들도 결국엔 알아줄 걸세.

관리 1 만일 그 양반이 정말 민중들의 호불호를 아랑곳 하지 않는다면,
15 그들에게 잘하지도 못하지도 않으면서 무관심하게 행동하겠지.
하지만, 그 양반은 죽자 사자 미움 받을 짓만 골라서 하잖나. 그

러니 민중들이 그 양반을 적대시하는 건 당연하구. 공연히 사람
마음을 상하게 하는 것은 그 양반이 그토록 싫어하는 아첨이라는
것만큼이나 나쁜 거라네.

관리 2 그 분은 국가를 위해 큰 공을 세운 분일세. 이번의 출세만 해도,   20
민중들에게 굽실거리기나 하고, 실제로는 변변히 한 일도 없는
자들의 운 좋은 출세와는 종류가 다르단 말일세. 그 분의 명예와
업적은 민중들이 직접 보고 느껴온 것이니, 만일 민중들이 그런
사실을 외면하고 침묵한다면 배은망덕이지. 그러니 다른 식으로
말을 퍼뜨리는 것은 거짓말을 하는 것이고, 그 말을 듣는 이들로   25
부터 비난과 질책을 당하게 될 걸세.

관리 1 그 분 얘기는 그만합시다. 아무튼 훌륭한 분이긴 하지. 자, 자, 길
을 비키게. 모두들 오고 계시네.

세넷 소리. 릭토르[15]들을 앞세운 귀족들과 호민관들 등장. 다음으로 코
리올레이너스, 메니니어스, 집정관인 코미니어스 등장. 원로원 의원들
안내 받으며 착석. 호민관인 씨시니어스, 브루터스 몸소 자기의 좌석에
앉는다. 코리올레이너스는 서있다.

메니니어스 볼스키 족 문제와 라아셔스 장군 파견 건은
이미 의결된 바, 남은 안건은 조국을 구한   30
코리올레이너스 장군에게 어떤 보상을 할 것인가
결정하는 것입니다. 그러니 경애하는
원로원 여러분 경청해 주십시오.

---

15. 로마 집정관의 권위를 상징하는 도끼창을 들고 집정관을 호위하던 로마 정부 관리.

현 집정관이시며, 총사령관이신 코미니어스 님께서

35 마아셔스 카이어스 코리올레이너스 장군의

공적을 간단히 보고해 주시겠습니다.

우리가 여기 모인 이유는 합당한

명예로써 그 분께 감사를 표하고,

기념하기 위함입니다.   [코리올레이너스 앉는다.]

원로원 의원 1   말씀하시오, 코미니어스 집정관.

40 길어져도 괜찮으니, 국가가 아무리 해도

그 공적을 보상하기엔 역부족이라 느끼게

해주시오. [두 호민관에게] 민중의 대표이신 두 분께서도

호의를 갖고 들어주시고. 또한 여기서

결의된 사항을 호의적으로 민중들에게

전달해 주시길.

45 **씨시니어스**   우리 둘은 본 회의에

참여함을 기쁘게 생각하고 있습니다.

본 회의의 주제가 되고 있는 그분을

존경하는 것은 물론이고요.

브루터스   기꺼이 그러겠습니다.

민중들 역시 더 많은 호의를

50 받을만한 가치가 있다는 걸 그 분이

기억해 주시기만 한다면.

메니니어스   자, 자, 쓸데없는

소리는 그만하고, 코미니어스 집정관의

보고나 듣는 것이 어떻겠소?

브루터스　　　　　　　　　물론 기꺼이요.

하지만 내 경고가 당신 군소리보다는

쓸데가 있을 거요.

메니니어스　　　　그 분은 당신네 민중들을　　　　55

사랑하고 있소. 다만, 한 방에서 같이 잘 수 있는 친구로까지는

아니라는 거지. 코미니어스 님, 시작하시죠.

[코리올레이너스 일어나 나가려 한다. 메니니어스 이를 제지하며]

　　　　　　　　　　　　　　아니, 앉아 주시오.

원로원 의원 1　코리올레이너스 장군, 그냥 앉아 계시오. 자신의 훌륭한

공적을 듣는 걸 부끄러워하다니.

코리올레이너스　　　　　　용서하십시오.

어떻게 상처를 입었는지를 듣느니　　　　60

치료나 한 번 더 받겠습니다.

브루터스　　　　　　　장군, 설마 내 얘기가

언짢으셔서 그러는 건 아니시겠죠?

코리올레이너스　　　　　천만에.

물론, 칼로부터는 아니어도 말로부터 도망친 적은

종종 있었지만. 허나 당신 말은 아첨은 아니니 괜찮소.

다만 당신네 민중들. . . 나도 민중들을 사랑하고 있소.　　　65

다만 그들의 무게만큼. . .

메니니어스　　　　　아, 좋습니다. 제발 앉아주세요.

코리올레이너스　별 것 아닌데 무슨 전설이라도 되는 양

말씀해 주시는 것, 민망해서 못 듣겠습니다.
나팔소리 울리는 벌판에서 햇볕이라도 쬐는 것이
제건 더 어울립니다. [퇴장]

70 **메니니어스**   민중의 대표 여러분,
저 분은 자기 공로의 찬미가를 듣기보다는
사지오체를 위험에 던지겠다는 거요, 명예를 위해.
그런 분이 싸지르는 일에나 목숨 거는 당신들 같은
이들에게 아양 떨 수 있겠소? 계속 하시죠, 코미니어스 님.

75 **코미니어스** 내 목소리로는 미흡할 것 같습니다.
코리올레이너스 장군의 공적은 가냘픈 목소리로
말씀드려선 안 될 일입니다. 본디 용기란
최상의 미덕이고, 그 용기를 지닌 자가
가장 큰 존경을 받게 마련입니다.

80 그렇다면, 내가 지금 말씀드리려는 사람과
필적할 이는 세상에 없습니다.
16세 때에, 저 타아퀸 왕이 로마를 침공하자,
그는 아마존의 여장부같이 맨송맨송한 턱을 하고서
수염이 덥수룩한 적들을 물리쳤습니다.

85 당시 집정관이 직접 목격한 일인데,
한 로마병사가 적들에게 몰리자 홀연히 나타나
한 칼에 세 명의 목을 베기도 했답니다.
또한 저 타아퀸 왕도 그와 맞붙었을 때
비로소 무릎을 꿇었습니다.

무대에서라면 여자 역 밖에 못했을 어린 시절,　　　　　90
실제 전투에서 최고의 용사임을 보여주고,
그 상으로 떡갈나무 관을 쓰게 됐던 것입니다.
학창시절 이미 대장부로 성장한 그는
큰 바다와 같이 팽창해서 그 후 17회의
전투에서 승리의 화환을 독점했습니다.　　　　　95
제 언변으로는 부족하지만 이번 코리올라이
전투에 대해서도 말씀드리겠습니다.
그는 먼저 도망치는 아군을 제지하고,
선두에서 겁쟁이들을 독려하여
공포를 유희로 삼게 했으며,　　　　　100
적들은 마치 범선 앞의 해초처럼
그가 지나가는 길마다 흐느적 쓰러졌습니다.
죽음의 낙인인 그의 칼은 뽑을 때 마다
정확히 적의 죽음을 인증했고, 그 자신도
머리에서 발끝까지 피투성이가 되었습니다.　　　　　105
그가 옮기는 걸음걸음마다 죽어가는 울부짖음이
장단을 맞추었던 것입니다. 그는 혼자서
그 무서운 적의 성문 안으로 뚫고 들어가
죽음의 피로 그 도시를 물들이고,
때 마침 원병을 얻자 유성이 떨어진 듯　　　　　110
순식간에 코리올라이를 함락시켰습니다.
이젠 다 되었다 싶었는데, 또 한 차례 전투의 함성이

그의 예민한 귀에 닿았고 그는 재차 싸움터에 나갔습니다.

무수한 생명을 삼키는 피의 격류인 양

115 시내와 시외가 모조리 아군의 수중에 떨어졌다고

우리가 소리치기 전까지는 그는 숨도

돌리지 않았던 것입니다.

메니니어스   과연 훌륭한 분입니다.

원로원 의원 1   우리가 마련하는 어떠한 영예도

그에게 어울릴 것이요.

코미니어스   그는 전리품도 다 차 버렸고,

120 어떤 귀중품도 쓰레기처럼 생각했습니다. 가난이

줄 수 있는 것조차 탐하지 않았으며,

다만 공훈을 세우는 것 자체를 보상으로 삼고,

임무를 완성하는 데에 만족했습니다.

메니니어스   정말 훌륭합니다.

다시 불러 들리십시오.

원로원 의원 1   코리올레이너스님을 모셔오도록 해라.

125 **관리**   장군께서 들어오십니다.

코리올레이너스 다시 등장

메니니어스   코리올레이너스 장군, 원로원은 당신을 집정관으로

임명할 계획이요.

코리올레이너스   여러분께 감사드립니다.

신명을 바쳐 봉사하겠습니다.

메니니어스   그러면 장군이 민중들에게
알려주는 일만 남았소.

코리올레이너스   그것만은 제발. 제발 그 관례만은
생략하도록 해주십시오. 겉옷만 걸친 채   130
맨살로 서서, 내 상처를 봐서라도 찬성표를
던져주시오 라고 민중들한테 애걸하는 건 도저히
못하겠습니다. 제발, 그 일만은 그냥 넘어가게
해 주십시오.

씨시니어스   안됩니다. 민중들도 자신들의
의사표시를 해야 합니다. 또한 그들은   135
공식적인 절차의 어떤 부분도 빠지는 걸
원치 않을 겁니다.

메니니어스   너무 자극하지 않는 게 좋아요.
제발 관례대로 해주시오. 선임자들이
한 대로 의식을 따르고 영예의 직책을
받아드리도록 하시오.

코리올레이너스   그런 일을 하는 것은   140
나로서는 창피한 노릇입니다. 그런 건
민중들에게서 박탈하는 게 낫겠습니다.

브루터스 [씨시니어스에게]   저 말 좀 들어보세요.

코리올레이너스 이러이러한 활약을 했노라 뽐내며
마땅히 숨겨야 할 상처를 내보여야
하다니요. 지금은 아프지도 않은데!   145

마치 그들한테 추천을 받고 싶어 부상을 입기라도

한 것 같지 않습니까!

메니니어스　　　　　　　고집 좀 부리지 말아요.

호민관 나리들, 우리의 뜻을 민중들에게

전해주시오. 그럼 자, 우리의 새 집정관께

하례와 경의를 표합시다!

150　**원로원 의원 일동**　　　코리올레이너스 집정관께 기쁨과 영광을!

요란한 코넷 연주. 뒤이어 모두 퇴장. 씨시니어스와 브루터스만 남는다.

브루터스　보셨죠, 저자가 민중들을 어떻게 취급할 요량인지를요.

씨시니어스　모두들 그걸 알아차려야 할 텐데!

저자는 부탁이 아니라 '요구'를 할 거요.

자기가 원하는 걸 줄 수 있는 권한이 민중들한테

있다는 것을 경멸하는 듯한 태도로.

155　**브루터스**　　　　　　　　자, 여기서

있었던 일을 민중들에게 알려줘야겠습니다. 광장에서

우리를 기다리고 있습니다.[16] [퇴장]

---

16. 모두가 퇴장한 뒤에 이루어지는 브루터스와 씨시니어스 사이의 대화는 관리 1, 2
가 깔아놓았던 방석을 치울 수 있는 시간적 여유를 제공하는 극적 기능을 한다
(Bliss 168).

3장

로마의 광장

7-8명의 시민들 등장

시민 1 일단 우리의 추천을 부탁한다면 거절은 못하지.

시민 2 아니면 아닌 거지 무슨 소리야.

시민 3 아니면 아닌 거지만, 아니라고 말할 형편이 아니지 않나. 그 사람
이 상처를 보여주면서 이러니저러니 하면, 우리는 아마 그 상처
구멍에 혓바닥을 틀어박고, 그 상처의 대변자 노릇을 하게 될 걸. 5
그 사람이 자기의 훌륭한 공적들을 주장한다면, 우리야 훌륭하게
인정해 줄 밖에. 은혜를 모르는 자는 괴물이라고 하잖나. 수많은
민중들이 모두 은혜를 저버리는 날엔 수만의 괴물이 생겨나는 셈
인데 도리 없지.

시민 1 지금도 별로 나을 것도 없는데 무슨 상관이야. 지난 번 곡물 문제 10
로 봉기했을 때, 그 사람 우리 보고 머리 여럿 달린 괴물 같은 떼
거지라고 욕하지 않았어.

시민 3 우릴 그렇게 부르는 놈들은 많아. 하지만 그건 우리 중에 어떤 머
리는 검은 색, 어떤 건 금색, 또 어떤 건 대머리라서가 아니라 그
속에 들어 있는 게 그 만큼 각양각색이라는 거지. 사실 내 생각에 15
도, 머리통 하나에 우리들 정신머리 모두를 몽땅 털어 넣으면 그
놈들이 동서남북 마구 날뛰다, 결국 빙빙 돌아 미쳐버릴 걸.

시민 2 그래? 그럼 내 정신머리는 어느 쪽 방향에서 날뛸 것 같아?

시민 3 아니, 자네 정신머리는 다른 사람들 것만큼 그렇게 날뛸 것 같진 않아. 돌머리 속에 꽉 잠겨있으니까. 하지만 그것이 풀려난다면, 틀림없이 남쪽[17]으로 갈 걸세.

시민 2 왜 남쪽이지?

시민 3 안개 속에서 헤매려고. 거기서 정신머리 사분의 삼은 썩은 이슬을 맞아 녹아 없어지고, 나머지 사분의 일은 그래도 양심은 있어서 돌아와 자네가 마누라 얻는 것 정도는 도와줄 걸세.

시민 2 하여간 입만 열면 농지거리지. 그래 맘대로 떠들어 보라고, 맘대로.

시민 3 자자, 여기는 모두들 찬성해주기로 결심한 거요? 허긴 무슨 상관이겠어, 다수결이니까. 아무튼 그자가 만일 민중의 편을 들어주기만 한다면, 그 사람만큼 훌륭한 사람은 일찍이 없었다고 봐.

코리올레이너스, 겸손의 뜻을 나타내는 누더기 겉옷을 입고
메니니어스와 함께 등장

저기 그 사람이 온다. 겸손을 뜻하는 누더기를 걸치고 말야. 어떻게 하는지 눈여겨보자구. 자, 한데 뭉쳐 있을 게 아니라, 누구는 혼자서, 그리고 누구는 두세 명씩 짝을 져서 그자 옆을 지나가 보자고. 그자는 우리 한 사람 한 사람한테 지지를 청원해야 할 거고, 그럼 우리는 그자에게 직접 지지를 보내주면서 명예를 챙기는 거지. 자, 이리 따라오게, 어떤 방법으로 저자에게 접근할지

---

17. 셰익스피어 시대의 영국에서는 주로 남쪽에서 병을 옮기는 습하고 나쁜 바람이 불어온다고 믿어졌기 때문이다(Holland 252).

내 가르쳐 줄 테니.

일동 좋아, 그렇게 하자구. [시민들 퇴장]

메니니어스 아, 장군, 옳지 않소. 예전부터 어떤 영웅호걸도
해 온 일이 아니오?

코리올레이너스 꼭 이런 말들을 해야 한다는
겁니까? 내 혀한테 갈지자걸음을   40
걷게 하면서? "제발 잘 부탁드립니다, 여러분,"
염병할! "여러분, 제 상처를 좀 봐주세요!
조국을 위해 싸우다 입은 상처입니다. 여러분의
어떤 형제들은 아군의 북소리에도 놀라
줄행랑을 쳤지만 말입니다."

메니니어스 오, 하나님 맙소사!   45
절대 그러지 마시오. 당신한테
호감을 갖도록 해야 한다니까.

코리올레이너스 나한테 호감을요? 죽일 놈들!
차라리 날 잊어줬으면 좋겠습니다. 설교는
해주면 해줄수록 잊어버리는 것처럼.

메니니어스 모든 걸 망치고 싶소?
이따가 봅시다. 아무쪼록 잘 말해보시오.   50
부탁이오. [메니니어스 퇴장]

시민 세 사람 등장

코리올레이너스 놈들한테 세수도 좀 하고,

이빨도 깨끗이 닦고 오라 하십쇼.

여기 한 쌍 오는구나. 선생들,

내가 왜 여기에 서 있는지 잘 아시죠?

55 **시민 3** 알죠. 그런데 이렇게 하게 된 근거를 한 번 들어봅시다.

코리올레이너스 내 자신의 공적 때문이요.

시민 2 공적 때문이라고요?

코리올레이너스 그렇소. 내 자신의 야망 때문이 아니라.

시민 3 어떻게, 당신의 야망 때문이 아니라고요?

60 **코리올레이너스** 글쎄, 그렇다니까. 나는 가뜩이나 가난한 자들한테 뭘 또
구걸해 얻어낼 야망 따윈 추호도 없소.

시민 3 저희가 장군께 뭔가를 드리면 장군께서도 뭔가를 베풀어 주셔야
한다는 것쯤은 생각하고 계시겠죠?

코리올레이너스 그렇다면 좋소. 나를 집정관으로 밀어주는 대가가 뭐요?

65 **시민 1** 공손하게 간청해 보시오, 우리한테.

코리올레이너스 공손하게라, 좋소. 부디 나를 지지해 주시오. 보여 줄 상
처자국도 얼마든지 있으니까. 사적인 자리라면 보여줄 수도 있소.
자, 선생, 이제 당신의 지지를 부탁하오. 어떻게 하시겠소?

시민 2 지지합니다, 장군님.

70 **코리올레이너스** 그럼 흥정이 된 셈이군, 선생. 이것으로 두 사람의 표는
얻은 셈이군. 고맙소. 안녕히!

시민 3 어째 좀 이상한데.

시민 2 왠지 다시 해야 할 것 같은데. . . . 까짓 거 뭐 아무렴 어때.

[시민 세 사람 퇴장]

다른 두 시민 등장

코리올레이너스 여러분한테도 부탁하오, 내가 집정관이 되게 해주시오.
여기 이렇게 관례대로 누더기도 걸치고 나왔소.   75

시민 4 당신은 나라를 위해 훌륭한 공을 세운 분이기도 하지만 나라를
위해 달갑지 못한 사람이기도 합니다.

코리올레이너스 그게 무슨 수수께끼 같은 말인가?

시민 4 당신은 조국의 적을 응징하는 채찍이었지만, 한편으론 동포를 두
들겨 패는 몽둥이이기도 했습니다. 당신은 민중들을 정말이지 거   80
의 사랑한 적이 없습니다.

코리올레이너스 사랑이 헤프지 않은 건 오히려 미덕으로 평가해 줘야 하
는 거 아니요? 하지만 선생, 앞으론 피로 맺은 동지들인 민중들에
게 아첨을 하는 헤픈 사랑을 하도록 하겠소. 그런 걸 존경스런 태
도로 생각하니까. 내 진심보다도 내 모자에 관심이 있다니 나도   85
알랑거리며 허리를 굽실거리고 아주 그럴싸하게 모자를 벗어주
지. 나도 요새 인기께나 있는 작자들의 수작을 좀 배워서 그런 걸
좋아하는 이들에게 그렇게 해주겠다는 거요, 선생들. 그러니까
부탁이요, 아무쪼록 내가 집정관이 되게 해주시오.

시민 5 아마도 우리 편이 되 주실 거 같으니까 기꺼이 우리들 표를 드리   90
겠습니다.

시민 4 조국을 위해 수많은 상처까지 입고 계시니까요.

코리올레이너스 그 상처를 보여 가며 당신들이 이미 아는 바를 다시 입
증하고 싶지는 않소. 지지해 준 것은 정말 고맙지만. 더 이상 당
신들을 성가시게는 하지 않겠소.   95

시민 4, 5 행운을 빕니다! [두 시민 퇴장]

코리올레이너스 정말 고마워 죽겠군!

내가 차라리 죽지, 차라리 굶어 죽어,

당연히 받아야할 품삯을 구걸하느니.

100 뭣 때문에 이런 양털누더기를 뒤집어쓰고,

개똥이, 소똥이, 나타나는 대로 한 표 달라고

애걸해야 되냔 말이야. 관습이기 때문에?

만사에 관습대로만 한다면, 고대로부터 쌓인

먼지에 처박혀 진실은 고개도 못 내밀지.

105 그런 바보짓을 하느니 고위직이나 명예는

탐내는 자들에게나 줘버리는 게 낫겠어.

젠장! 이제 겨우 절반만큼 했구나.

시민 세 사람 더 등장

여기 몇 놈 더 오는군.

날 지지해 주시오! 당신들의 지지를 얻기 위해,

110 난 싸워왔고, 깨어있었으며, 스물네 번의 부상을

입었고, 열여덟 번의 전쟁을 겪었소.

당신들의 지지를 얻기 위해 물불 가리지

않았단 말이요! 당신들의 지지를 얻기 위해!

진정 나는 집정관이 되고 싶소.

115 **시민 6** 저 분은 훌륭한 일들을 해오셨으니 정직한 사람이라면 지지하지

않을 수 없을 거야.

시민 7 그러니 저분이 집정관이 되도록 하자구. 신들의 가호가 함께 하시여 저분이 우리 민중들의 친구가 되기를!

시민 일동 아멘, 아멘. 훌륭한 집정관님에게 신의 은총이 함께 하시길!

[시민들 퇴장]

코리올레이너스 소중하기 짝이 없는 표들이구만!　　　　　　　120

메니니어스, 브루터스 및 씨시니어스와 함께 등장

메니니어스 이제 정해진 시간이 지났습니다. 호민관들이
민중의 추천을 확인했으니, 이제는
직함의 휘장을 달고 곧바로 원로원으로
가기만 하면 됩니다.

코리올레이너스 　　　　이것으로 다 끝난 겁니까?

씨시니어스 필요한 관례는요. 민중들은 당신을　　　　　　　125
인준했습니다. 이제 곧 그들을 소집해서
공식적인 취임식을 거행해야 합니다.

코리올레이너스 어디서? 원로원에서?

씨시니어스 　　　　거기에서요, 코리올레이너스 장군.

코리올레이너스 이 옷은 갈아입어도 되겠소?

씨시니어스 　　　　그렇소, 장군.

코리올레이너스 그것부터 해야겠소. 내 본래의 모습을 한 후,　　　130
원로원으로 가리다.

메니니어스 　　　　같이 갑시다. (호민관들에게) 따라오겠소?

브루터스 여기서 민중들을 기다리겠습니다.

씨시니어스   잘들 가십시오.

[코리올레이너스와 메니니어스 퇴장]

이제 가질 거 다 가졌겠다, 아주 좋아

죽는구만.

135 **브루터스**   복장은 겸손해도 마음 속

오만함은 여전하군요. 민중들을 해산할까요?

민중들 등장

씨시니어스 어떻습니까, 여러분? 그 사람을 선택한 겁니까?

시민 1 모두 찬성입니다.

브루터스 그 사람이 여러분들이 소망하는 그런 사람이길!

140 **시민 2** 아멘입니다요. 헌데, 제 소견으로는 그 양반이

지지를 구하면서 조롱하는 듯한—

시민 3   맞습니다!

분명 우리를 대놓고 조롱했습니다.

시민 1 조롱은 무슨, 원래 말투가 그래서 그렇지.

시민 2 자네 말곤 없어, 그 양반이 우릴

145 농락한 게 아니라는 사람은. 나랄 위해

얻은 상처라면 보여줬어야 했다고.

씨시니어스 분명히 보여줬을 텐데.

시민 일동   아뇨, 아뇨, 아무도 못 봤습니다.

시민 3 자기 상처는 사적인 자리에서만 보여줄 수 있다던데요.

그리곤 모자를 이렇게 조롱조로 흔들면서

"집정관이 되고 싶소" 그랬습니다. 그리고 또   150
"낡아빠진 관습 때문에 민중들의 지지 없인
아무것도 못하니 한 표 줘야 겠소" 그랬습니다.
우리가 그 부탁을 들어주자, "지지해줘서
고맙네. 정말 고마워. 고맙게도 지지해 줬으니
이젠 자네들과는 볼 장 다 봤네" 이랬습니다.   155
이게 조롱이 아니면 뭡니까?

씨시니어스 아니 여러분들은 그런 것도 분별 못할 만큼 어리석은
겁니까, 아니면, 알면서도 유치한 동정심에
그냥 지지해 준 겁니까?

브루터스　　　　　　　　아니, 가르쳐준 대로 말할 수
없었단 말이오? 그자는 아무 권력도 없는   160
국가의 말단 종복이었을 때도 여러분의 적이었고,
여러분의 자유와 권리에 반하는 언동을
일삼았잖소. 근데 이제 국가의 권력을
한손에 쥐게 되었으니, 만일 그자가
여전히 민중에 대한 악의를 품고 있다면,   165
여러분의 지지는 여러분 자신에 대한
저주가 될 거요. 알겠소? 여러분은
이렇게 말해야만 했었소. 그의 공적은
집정관이 될 만한 것이지만, 민중의
지지 없인 안 되는 일이란 것을 명심해서,   170
민중에 대한 적의를 호의로 바꾸어야만 한다고,

또 민중의 친구 같은 지도자가 되어야만 한다고
말이요.

씨시니어스   미리 일러준 대로 그대로 말했더라면,
그자의 본심을 떠볼 수 있었을 거고,

175   유사시 이행케 할 유리한 약속도
받아낼 수 있었을 거요. 또한 그런 약속은
자기의 자유를 속박하는 어떤 것도
참지 못하는 그자의 성깔머리를 건드려
그자를 격분케 했을 지도 모르고,

180   그럼 그의 격분을 빌미삼아 선출이고
자시고 은근슬쩍 넘겨 버릴 수도
있었을 거요.

브루터스   당신들한테 호의를 간청해야
할 때조차 노골적으로 경멸을 나타내곤
했는데, 그자가 막강한 권력을

185   쥐게 되는 날에는 그 경멸은 살기등등한
무기가 된다는 걸 몰랐단 말이요?
아니, 당신들의 몸뚱이에는 심장도 없소?
아니면 혓바닥이 이성의 판단에
대들기라도 한 거요?

씨시니어스   지난번엔 굽실거리며

190   간청하던 입후보자도 거절했으면서, 이번엔
간청은커녕 조롱이나 하는 자에게 당신들의

그 귀한 표를 줘버렸단 말이요?

시민 3 정식으로 취임한 건 아니니까, 지금이라도 거부하면 돼요.

시민 2 그럼 그 사람을 거부합시다!

내 오백 명의 동의를 얻어오겠소.   195

시민 1 나는 천 명! 그리고 그 천 명의 동료들까지!

브루터스   그럼 즉시 동료들한테 말하시오. 새로 뽑은

집정관은 우리의 자유를 박탈할 거라고,

짖으라고 키우면서 짖는다고 패대는

개처럼 우리가 찍소리도 못하게   200

할 거라고 말이요.

씨시니어스   자, 모두 모이게 합시다.

그리고 그 분별없는 선택을 철회합시다.

그자의 오만과 민중에 대한 해묵은

증오를 역설하시오. 또한 잊지 마시오.

그자가 누더기를 걸치고 나왔어도   205

사실은 민중들을 조롱하고 있었음을,

허나 그자의 공적을 생각해주느라

민중에 대한 뿌리 깊은 증오심에서 나오는

그 오만과 조롱을 제대로 간파하지

못했음을 똑똑히 말해주라는 거요.

브루터스   잘못은   210

여러분의 두 호민관에게 전가하고, 우리 두 사람이

우기는 통에 여러분은 마지못해 그자를

선출하게 된 거라고 말하시오.

씨시니어스   그자를

뽑은 건 진정한 호의에서가 아니라,

215   우리 두 사람의 명령 때문이었다고 하시오.

그저 시키니까 마지못해, 결코 원치 않게

그자를 집정관으로 뽑은 거라고

우리 두 사람한테 책임을 돌리란 말이요.

브루터스 그렇소, 우리 사정 봐줄 필요 없다니까.

220   우리가 오만가지 설교를 다 했다고 해요.

그가 소년 시절부터 조국을 위해 헌신해온 점,

그의 혈통이 저 훌륭한 마아셔스 가문이라는 점,

그의 조상 앤커스 마아셔스는 뉴마 왕의 외손자로서,

호스틸리어스 대왕에 이어 로마의 왕이 되었으며,

225   수로를 통해 최상급의 물을 이곳으로 끌어왔던[18]

퍼블리어스와 퀸터스도 그 마아셔스 가문이라는 점,

두 번이나 감찰관을 해 감찰관이란 센소리너스

칭호를 얻은 센소리너스 역시 그의 조상이라는 점 등을

역설했다고 말하는 거요.

씨시니어스   그러한 혈통이고,

---

18. 1609년 휴 미들튼(Hugh Middleton)이 주도한 수로 건설 계획을 연상시키는 대사
로서 본 작품의 제작 연대를 추정하는 한 단서로 간주되기도 한다. 휴 미들튼은 허
트포드셔에서 런던 사이에 인공수로를 만들어 런던에 보다 신선한 물을 공급하려
고 계획했다(Holland 55).

개인적으로도 훌륭해 높다란 지위에   230
추천했던 거지만, 좀 더 냉정히 그자의
현재와 과거를 저울질 해본 결과,
그자는 민중의 적일 수밖에 없다는 걸 깨달았고,
그래서 갑자기 추천을 번복하게 된 것이라고
말하란 말이오.

브루터스   강요에 의해 한 거지,   235
본의는 절대 아니었다고 주장하는 거요.
충분한 동조자가 모이거든 곧 바로
의사당으로 집결하시오.

시민 일동   그러겠습니다. 거의 모두들
이번 선거를 후회하고 있습니다.

[시민들 퇴장]

브루터스   제멋대로 하게
놔두시죠. 이 정도에서 감행하시죠. 더 큰 폭동   240
기다리기보다는. 저들의 번복에
그자가 성질머리대로 미쳐 날뛰면, 우린
가만히 지켜보다 그자의 격분을
이용하기만 하면 됩니다.

씨시니어스   자, 의사당으로.
민중들이 몰려들기 전에 먼저 가 있습시다.   245
그래야만, 반은 우리가 사주한 것이지만,
완전히 그들 자신이 한 일처럼 여겨질 거요. [퇴장]

3막

1장

로마의 거리

코넷 소리. 코리올레이너스, 메니니어스, 모든 귀족들, 코미니어스, 타이
터스 라아셔스, 그리고 다른 원로원 의원들 등장

코리올레이너스 오피디어스가 다시 군대를 동원했다고요?
라아셔스 그렇소, 장군. 급히 조약을 체결해야 했던 것도
　　　그 때문이었소.
코리올레이너스 볼스키 놈들이 이전처럼 다시 일어나
5　　　쳐들어 올 기회만 호시탐탐 노리고
　　　있군요.
코미니어스　　그들은 지쳤소, 새 집정관님.
　　　우리들 생전에 그놈들 깃발이
　　　다시 휘날리진 못할 거요.
코리올레이너스　　　　　오피디어스는 만나 봤소?
라아셔스 우리 병사에 호위되어 찾아와서는, 치욕스레
10　　　도시를 빼앗긴 볼스키인들을 저주했소.
　　　그는 지금 앤티엄에 퇴각해 있소.
코리올레이너스 내 얘기도 하던가?
라아셔스　　　　　그렇소, 장군.
코리올레이너스　　　　　　　뭐라 하던가?

라아셔스 여러 번 장군과 맞싸웠다고 했소.

이 세상에서 가장 증오하는 게 장군이라고도.

또 장군을 이길 수만 있다면 전 재산이   15

다 날아가도 좋다고.

코리올레이너스   앤티엄에 있다?

라아셔스 그렇소, 앤티엄.

코리올레이너스 명분만 있다면 나도 그리로 찾아가

그 증오심을 그대로 되갚아 주고 싶소.

아무튼 잘 돌아오셨소.   20

씨시니어스와 브루터스 등장

코리올레이너스 아, 민중의 대표인 두 호민관이 오는군요.

정말로 저자들을 경멸합니다. 저 위세 떠는

꼴들을 좀 보십시오. 귀족치고 저걸 참고

봐줄 사람은 없을 겁니다.

씨시니어스   잠깐 멈춰주시오.

코리올레이너스 하! 뭐라고요?   25

브루터스 나가시면 위험합니다. 더 이상 가지 마시오.

[민중들의 함성소리가 난다.]

코리올레이너스 상황에 변화라도 생긴 거요?

메니니어스   무슨 일이요?

코미니어스 귀족과 민중, 모두가 그 분을 찬성하지 않았소?

브루터스 아니요.

코리올레이너스　　　모두 얘들 장난이었단 말이요?

³⁰ **원로원 의원 1** 호민관님들, 비켜주시오. 광장으로 나가실 것이오.

브루터스 민중들이 격분하고 있습니다.

씨시니어스　　　　　　　멈추시오.

아니면 큰 소동이 날거요.

코리올레이너스　　　　　저들이 당신의 졸개들이요?

지지했다가는 곧 바로 철회해버리는 저런 것들한테

선거권을? 당신네들의 직무는 대체 뭐요?

³⁵ 저들의 입노릇은 하면서, 날 물어뜯으려는

그 이빨들은 어쩌지 못한다? 오히려 당신들이

저들을 충동질하는 거 아니요?

메니니어스　　　　　　　진정하시오, 진정해요.

코리올레이너스 이것은 계획된 짓이오. 귀족들의 뜻을

꺾으려는 음모입니다. 이런 걸 놔둬서는

⁴⁰ 지배하는 것도, 지배 받는 것도 싫어하는 저놈들과

한 지붕 아래서 살아야 할 겁니다.

브루터스　　　　　　　　음모라니요?

민중들은 당신한테 조롱당했다고 아우성이오.

최근에 곡물이 무상지급 되었을 때,

당신은 민중들을 기회주의자니, 아첨꾼이니,

⁴⁵ 귀족의 적이니 하면서 모욕했소.

코리올레이너스 그거야 다 알려진 일 아니요?

브루터스　　　　　　　　민중 모두에겐 아니요.

코리올레이너스 그래서 당신이 쫙 퍼뜨렸소?

브루터스   뭐요? 내가?

코미니어스 그럴 자질이 엿보이는구만.

브루터스   무슨 자질이든

내 것이 당신들 것보다야 낫겠지.

코리올레이너스 그럼 내가 뭐 하러 집정관이 돼야 하지?   50

나도 딱 당신 같은 못난이가 되어

호민관이나 되어야겠소.

씨시니어스   그런 소릴 하니까

민중들이 격분하지. 당신이 기어코

목적지에 도달하려 한다면, 공손히

길을 물으시오. 당신은 길을 잃었소.   55

그렇게 안하면, 당신은 집정관은커녕

호민관도 못 될 거요.

메니니어스   진정들 하시라니까.

코미니어스 민중들은 농락당한 거요. 선동된 거지.

이런 속임수는 로마인답지 않소. 그리고 코리올레이너스 장군도

이 따위 모략이 덧씌우는 치욕을   60

받아선 안 되는 분이요.

코리올레이너스   곡물이 뭐 어째?

그래 내가 그런 말했었다. 다시 한 번 말해주마.

메니니어스 지금은 아니요, 안돼요!

원로원 의원 1   지금처럼 흥분했을 땐, 장군!

코리올레이너스 지금 난 살아 있기에 말해야겠습니다.

여러분, 날 용서해 주십시오.

저 변덕스럽고 악취 풍기는 군중들은

아첨 않는 나를 통해 자신을 봐야 합니다.

다시 말씀드리건 데, 저들의 비위나 맞추는 통에

도덕성이든 권력이든 부족할 것 없는 우리들이

스스로 저 거지같은 놈들과 뒤섞이며

모반과 무례와 선동의 밭을 갈고

씨를 뿌렸던 것입니다.

메니니어스 됐어요, 이제 그만.

원로원 의원 1 침묵해요, 부탁이요.

코리올레이너스 어떻게 침묵합니까?

내 조국을 위해 나는 피를 흘렸습니다,

어떤 두려움도 없이 기꺼이. 그래서

제 허파가 썩어 문드러지도록 소리쳐야겠습니다.

저 문둥이 놈들한테요. 가까이 가기도 싫지만

그래도 해야겠습니다.

브루터스 민중들한테 말씀하시는 게 꼭

우리 같은 인간이 아니라 심판하려는

신 같습니다, 그려.

씨시니어스 민중들한테 이런 사실을

알려주는 게 좋을 것 같군요.

메니니어스 뭐, 뭐요? 홧김에 한 말을?

코리올레이너스 홧김에라고요!

　　　잠자듯 평온했을지라도 그렇게 말했을 거고,

　　　그건 제 본래의 생각입니다.

씨시니어스 　　　　　　　그런 생각은

　　　그 자체로 독이고, 더 이상의 해독을　　　　　　　　　85

　　　끼치는 건 절대 금지요.[19]

코리올레이너스 　　　　　절대 금지! 이 피라미 떼의

　　　나팔수가 하는 말 들으셨습니까? 그 절대적인

　　　"절대 금지!"

코미니어스 　　　권한 밖의 언동이요.[20]

코리올레이너스 　　　　　　　"절대 금지!"

　　　아, 선량하긴 해도 현명치 못한 귀족 여러분.

　　　엄숙하긴 해도 분별력이 없는 원로원 여러분.　　　　　90

　　　왜 이 히드라 같은 것들에게 선거권을 줘서

　　　뿔난 괴물 같은 놈이 "절대 금지" 운운하게

　　　하는 겁니까. 저놈은 눈 하나 깜짝 않고,

　　　여러분의 물길을 비틀고 그 수로가

　　　자기 것이라 우길 놈입니다.[21] 저 놈이　　　　　　　95

---

19. '절대 금지'는 원문의 "shall"이 갖는 강제적 의미의 뉘앙스를 번역한 것이다.

20. 호민관은 민중을 대표할 수 있지만, 법률적 결정을 하거나 법률을 제정할 권한은 없었던 것으로 추정된다(Holland 275).

21. 각주 18과 마찬가지로, 1609년 휴 미들튼(Hugh Middleton)이 주도한 수로 건설 계획을 연상시키는 시사적 언급으로서 본 작품의 제작 연대를 추정하는 한 단서로 간주되기도 한다(Holland 55).

권력을 잡는다면, 여러분이 무지해
그렇게 된 것이니 머리를 조아리시고,
권력을 못 잡는다면, 여러분의 그 위험한
자비심에 경각심을 일깨우십시오. 이제 뭔가
아셨다면 더 이상 바보짓은 마십시오.
아직도 모르셨다면, 원로원의 방석도 내주시고요.
저들이 원로원에 들어오면 여러분은 민중이 되는 겁니다.
쌍방의 발언권이 대등해도, 다수 대중의 기호가
저들과 맞는다면 저들이 원로원인 셈이죠.
민중은 자신들의 관리를 스스로 뽑습니다.
그것도 "절대 금지" 운운하는 그런 놈들로요.
그리스 정치인들보다 더 근엄한 원로원한테도
멋대로 "절대 금지"라고 떠벌일 놈들이죠.
조우브 신에 맹세코, 이런 식이니까 집정관의
권위도 떨어지는 겁니다. 두 권력이 대립하면,
곧 혼란이 둘 사이로 비집고 들어와
양편을 차례로 파멸시키죠. 이런 걸 생각하면
제 영혼이 다 아픕니다.

코미니어스　　　　　　　자, 광장으로 갑시다.

코리올레이너스　그리스에서 그런 적이 있다며 곡물을
무상 배급해주자고 주장했던 사람이
누구였는지는 모르지만―

메니니어스　　　　　　자, 자, 그 얘긴 그만 하시오.

코리올레이너스 그리스에선 민중들이 더 절대적 권력을
가졌지만, 불복종의 풍조만 부추겨
결국 나라가 망했소.

브루터스   저런 소리 하는 사람을 민중들이
왜 선출해야 한단 말입니까?

코리올레이너스   그 이유는 내가 말해주지.   120
저들의 지지보다 이게 더 중요하니까.
저들은 잘 알고 있는 거요, 곡물을
보수로 받을 만한 희생을 한 적이 없다는 것을.
전쟁터에선 국가의 운명이 벼랑 끝에 몰렸는데도
성문 밖으로 나갈 생각도 않았소.   125
이따위론 '곡물 무상 배급'이란 당치않은 소리요.
어쩌다 출정해도, 모반이나 반항할 때나
용기를 내는 것들 같으니. 이런 놈들한테
이쪽에서 굽실거리고 곡물을 퍼줍니까?
만일 원로원이 은혜를 베푼다면 저들은   130
어떻게 생각할까요? 아마도 이렇게 말할 겁니다.
"우리는 다수다. 그런 우리가 요구하니까
원로원도 겁을 먹고 우리의 요구를 들어준 거다."
이렇게 되면 우리 스스로 우리의 권위를
멸시한 셈이며, 놈들은 우리의 배려를   135
'겁먹은 짓'이라 치부할 겁니다. 그럼 머지않아
원로원의 대문을 부수고 까마귀 떼가 들어와

독수리를 쪼아댈 것입니다.

메니니어스   자, 그만큼 했으면 충분하오.

브루터스 충분하다 못해 넘쳐흐르는군요.

코리올레이너스   아니, 좀 더 들어야 한다.

140   신이든 인간이든 모든 맹세의 대상들이여

내 말을 보증하소서! 여기 두 개의 권력이 있으니

한쪽은 이유가 있어 상대방을 멸시하지만,

다른 한쪽은 이유도 없이 상대방을 경멸하는 바,

신사도 고관도 현자도 무지몽매한

145   다수의 허락 없이는 아무것도 결정 못하고,

정작 중요한 것은 소홀하며, 사소한 것에

온통 시간을 허비한다. 계획한 바는 언제나

방해를 받으니 아무것도 계획대로

실천되지 않는다. 그러니 부탁입니다.

150   겁을 먹기보다는 분별력을 가져주십시오.

체제가 뒤바뀌는 것을 두려워만 마시고

정부의 근간을 지켜주십시오. 구차하게

오래 사느니 짧더라도 고결한 삶을 선택해 주시고,

그럴 수 없을 땐 극약이라도 먹고

155   병과 싸워 이겨주십시오. 그러니

지금 즉시 저 두 놈의 혓바닥을 뽑아버려

결국엔 독이 될 권력의 단맛을

못 보게 하십시오. 여러분이 불명예스럽게

다수의 힘에 굴복하면 진정한 판단력은
상실되고, 국가는 합당한 구심점을   160
잃습니다. 사악한 무리가 국가를
접수하면, 좋은 뜻도 실천할 역량이
없게 되는 것입니다.

브루터스   이제 더 들을 필요도 없소.

씨시니어스 반역자 같은 소릴 했으니, 반역자 같은
처벌을 받아야만 할 거요.

코리올레이너스   저주받을 놈, 치욕스런 놈!   165
이런 호민관놈들이 민중들에게 무슨 소용이 있겠습니까?
저 따위들한테 의지하느라, 민중들이 원로원에
순종치 않는 겁니다. 호민관직은 폭동의 와중에
필요해서가 아니라 어쩔 수 없어서
만들어진 겁니다. 모든 게 다 진정되면   170
그들의 권력 따윈 먼지 속에 던져버려야 합니다.

브루터스 명백한 반역이다!

씨시니어스   저런 자가 집정관이라고? 천만에!

브루터스 야, 공안관!

    [공안관 한 명이 들어온다.]

          저자를 체포하라.

씨시니어스 가서 민중들을 불러와라. [공안관 퇴장]

          민중의 이름으로,
당신을 반역 죄인이자 민중의 적으로   175

체포하겠소. 자, 내 명령에 순순히 복종하고
처벌을 받으시오.

코리올레이너스　　　꺼져 버려! 이 늙은 염소새끼야!

귀족 일동　그 사람 보증을 서겠소.

코미니어스　　　　　호민관님들, 그 손을 놓으시오.

코리올레이너스　꺼지라니까, 이 썩어빠진 인간아! 그렇잖으면
네 놈의 뼈마디들을 죄 뽑아버릴 테다.

180 **씨시니어스**　　　　　　　살려주시오, 시민 여러분!

공안관과 함께 한 무리의 민중들 등장

메니니어스　서로를 좀 더 존중해 주시오!

씨시니어스　여기 이자가 여러분들의 모든 권리를 빼앗으려 합니다.

브루터스　공안관들은 저자를 체포하라!

시민 일동　저놈을 때려 눕혀, 뭉개 버려!

185 **원로원 의원 2**　무기를 꺼내, 무기를, 무기를!

그들 모두가 코리올레이너스 주위에서 큰 소동을 벌인다.

일동　호민관 여러분, 귀족분들, 시민 여러분, 무슨 짓들이요!
씨시니어스! 브루터스! 코리올레이너스! 시민 여러분!
진정, 진정, 진정들 하시오! 멈추시오!

메니니어스　도대체 어떻게 되가는 거야? 숨차 죽겠네!

190　　　난리가 날 것 같군. 거 호민관 나리들,

민중들에게 말 좀 하시오. 코리올레이너스, 당신은 참고!

씨시니어스 뭐라고 좀 하라니까요!

씨시니어스 　　　　　　　주목해 주시오, 민중 여러분! 진정하시오!

시민 일동 우리들의 호민관 말을 들어보자. 말해 보시오. 말해 봐요!

씨시니어스 여러분은 지금 자유를 빼앗길 위기에

쳐해 있소! 마아셔스는 여러분의 모든 것을　　　　　　195

유린해갈 작정이요. 여러분이 집정관으로

선출해준 마아셔스가 말이요.

메니니어스 　　　　　　　　이런, 이런, 이런!

불을 끄라니까 기름을 붓고 있어.

원로원 의원 1 로마를 파괴하고 모든 걸 망쳐버릴 수작이야.

씨시니어스 민중 없는 로마가 무슨 소용이란 말이요?

시민 일동 　　　　　　　　　　　옳소!　　　　　　200

민중이 로마요.

브루터스 우리는 모든 민중의 동의로, 민중의

대표로 선출되었소.

시민 일동 　　　　　　우리들의 대표다!

메니니어스 흥! 노는 꼴이 정말 그래 보이는구만.

코미니어스 로마를 깡그리 망쳐버리고,　　　　　　　205

세상을 완전히 뒤집어 업으려는 거야.

질서정연했던 모든 걸 잿더미 속에 파묻게

될 거요.

씨시니어스 　　　　그런 말은 목숨을 위태롭게 합니다.

브루터스 우리의 권위를 지켜내든지 아니면

210 　　　　잃어버리든지 결판을 내시죠ㅡ 우리는

　　　　민중에 의해 민중의 대변자로 선출된

　　　　사람들이요. 그 민중의 이름으로 마아셔스를

　　　　사형에 처할 것을 선고한다.

씨시니어스 　　　　　　　　저자를 체포하라.

　　　　타피아의 절벽으로 끌고 가서 산산조각

　　　　나도록 밀어버려라.

215 **브루터스** 　　　　　　공안관들, 저자를 체포하라!

시민 일동 항복하라, 마아셔스, 항복해!

메니니어스 　　　　　　　　내 말 한마디만 들어주시오.

　　　　제발, 호민관들, 한마디만.

공안관들 진정하시오, 진정해요!

메니니어스 본분을 잊지 마시오, 국가의 종복 아니요.

220 　　　　신중히 대처해 주시오, 폭력으로

　　　　하지 말고.

브루터스 　　　　의원 나리, 병이 위급할 땐,

　　　　신중해 보이는 더딘 치료는 위험합니다.

　　　　체포하라, 절벽으로 끌고 가!

　　　　　　　코리올레이너스 칼을 뽑는다.

코리올레이너스 　　　　　　아니, 난 차라리 여기서 죽겠다.

　　　　너희 중엔 내가 싸우는 모습을 본 자도 있을 것이다.

자, 눈으로 본 것을 직접 겪어 봐라!

메니니어스 칼을 거두시오! 호민관들, 물러서요!

브루터스 체포하라니까!

메니니어스 마아셔스를 도와주시오, 도와줘요!

귀족 여러분, 모두들 마아셔스를 구합시다!

시민 일동 저놈을 때려 눕혀, 때려 눕혀!

이 난동 속에서 호민관들, 공안관들 그리고 민중들이 타격을 입고 퇴장한다.

메니니어스 집으로 피하시오, 가요, 어서! 그렇지 않으면,

모든 게 허사요.

원로원 의원 2 피하라니까요!

코리올레이너스 꼼짝 않겠습니다.

우리에겐 적도 많지만 친구도 적지 않습니다.

메니니어스 꼭 그래야겠소?

원로원 의원 1 신이 노하실 일이요.

제발, 장군, 집으로 피하시오.

이 일은 우리가 해결하겠소.

메니니어스 우리가

결자해지 하겠으니, 자, 어서, 제발!

코미니어스 자, 장군, 우리와 함께 갑시다.

코리올레이너스 저놈들이 차라리 야만인이었으면 - 놈들은

로마에서 태어났지만 로마인이 아닙니다.

마소가 주피터 신전 앞에서 태어났다고

로마인이 아닌 것처럼.

메니니어스   어서 피하라니까!

격분해 마땅하지만 입 밖으론 내지 마시오.

언젠가 설욕할 기회가 올 거요!

코리올레이너스   정정당당하게 라면,

사십 명도 해치울 수 있습니다.

메니니어스   저들 중 두 놈 정도는

245   나도 해치울 수 있지. 그래, 호민관 두 놈은.

코미니어스 저들은 셀 수 없이 수가 많소.

허물어지는 건물을 혼자 힘으로 버티려는 건

용기가 아니라 바보짓이요. 다시 몰려오기 전에

어서 피해주지 않겠소? 저들은

250   격분한 나머지 봇물처럼 터져 나와,

자기들을 지배하던 모든 것을 뒤집어

엎으려는 거요.

메니니어스   제발 좀 피해줘요.

내 늙은 기지가 저 텅 빈 대가리들과

한 번 놀아 볼 수 있는지 시험이나 해 볼 참이니.

255   색깔이야 맞든 안 맞든 터진 데는

꿰매고 봐야지.

코미니어스   자, 어서 갑시다.

코리올레이너스, 코미니어스 및 기타 다른 이들 퇴장

귀족   저분은 자신의 행운을 스스로 망쳐버렸소.

메니니어스   성품이 속세에 살기에는 너무도 고귀합니다.

해신 넵튠이 삼지창을 준다 해도   260

조우브 신이 천둥의 힘을 준다 해도

아첨하지 않을 사람이요. 그에겐 마음이

곧 입이라, 마음에서 빚어진 생각은

바로 입으로 나옵니다. 또, 한번 화가 났다하면,

죽음이란 말조차 잊어버립니다.

[안에서 시끄러운 소리가 난다.]

이거, 한바탕하겠구만!

귀족   이불 속에 콱 고꾸라져 있을 것이지!   265

메니니어스   타이버 강물 속에 고꾸라져 있음 더 좋고!

거참 그 사람도, 저놈들 나긋나긋 대해주는 거

그렇게 안 되나?

브루터스와 씨시니어스, 군중들을 이끌고 다시 등장

씨시니어스   그 독사 같은 놈은 어디 있소?

시민들을 모조리 쫓아내고 자기 혼자

로마 시민이 되겠다는 놈 말이요?

메니니어스   호민관 양반들. . . .   270

씨시니어스   그 놈은 형 집행 관리들이 타피아의 절벽에서

던져버려야 할 놈이외다. 그 놈은 국법을 거부해 왔소.

그러니 재판을 할 필요도 없이 자신이 그토록

무시해온 민중의 힘이 얼마나 지엄한지

본때를 보여줘야 합니다.

시민 1   275 호민관은 민중의 입이요,

민중은 호민관의 손이라는 걸 그 자가

알게 해야 된다!

시민 일동   옳소, 똑똑히 알려줘야 한다!

메니니어스   호민관, 호민관!

씨시니어스   조용히들 하시오!

메니니어스   끔찍한 선동은 마시오. 일은

온당한 방식으로 해야지!

씨시니어스   280 어쩌자고 당신이

그자를 구하려는 거요?

메니니어스   내 말을 들어보시오!

나는 집정관의 장점도, 단점도

잘 아는 사람이요.

씨시니어스   집정관! 아니 누가 집정관이란 말이요?

메니니어스   코리올레이너스 집정관말이요.

브루터스   그자가 집정관이라고요?

시민 일동   285 아니다, 아니다, 아니다, 아니다, 아니다!

메니니어스   두 호민관님이 허락하시고, 또 선량한

시민 여러분께서 허락하신다면, 몇 말씀드리겠소.

여러분의 시간은 뺏을지언정 해가 되지는

않을 것이요.

씨시니어스　　　　그럼 짧게 하시오.

우린 이미 그 독사 같은 반역자를 처단하기로　　　　290

결정했으니까. 이대로 놔둬도, 추방을 해도

아주 치명적일 놈이요. 그래서 오늘 밤

사형이 집행되도록 선고한 거요.

메니니어스　　　　　　　　신들이시여!

공을 세운 로마의 자식들에 대한 감사를

조우브 신의 율법서에 기록한 명예로운　　　　295

로마가, 비정한 어미 짐승처럼, 자기 자식을

먹어치우지 않도록 하소서!

씨시니어스　그 놈은 종기요. 도려내야하오.

메니니어스　그 사람은 종기가 난 나라의 손발이요.

치료하면 될 일이지, 통째로 도려낸다니!　　　　300

도대체 그 사람이 무슨 죽은 짓을 했소?

조국을 위해 엄청난 피를 흘린 죄 밖에 더 있소?

근데 이제 와서 바로 그 조국이 그의 피를

들이키겠다면, 그 짓을 하고 또 방조한

우리 모두에게 말세의 그날까지　　　　305

치욕의 낙인이 찍힐 것이오.

씨시니어스　　　　　　　당치 않은 소리!

브루터스　어림없는 소리! 그 놈이 조국을 사랑했을 땐,

그만한 영예를 받지 않았소.

씨시니어스　　　　　　괴저병에

썩어가는 발을 예전에 공로가 있다 해서
고마워만 할 수 있겠소?

310 **브루터스**　　　　　　　　더 이상 말이 필요 없소.
그 놈을 집으로 쫓아가 끌고 오시오!
그 놈의 병은 전염성이 강해서 더 이상
퍼져나가면 위험합니다!

메니니어스　　　　　　　한 마디만 더, 한 마디만!
이렇게 호랑이 같이 날뛰다간 다시는
315 되돌릴 수 없는 화를 자초할 거요.
하나씩, 하나씩, 법적 절차를 밟으시오.
많은 사람이 그를 아끼고 있소.
위대한 로마가 둘로 분열해 로마인들 스스로
파멸하지 않도록 하시오.

브루터스　　　　　　　만일 그렇게 된다면!

320 **씨시니어스**　무슨 소릴 하는 거요? 그자가 얼마나
법을 잘 지키는지 보지 않았소? 공안관을
때리고, 우리한테 반항하고. 자, 갑시다.

메니니어스　생각해보시오. 그 사람은 전쟁터에서
자랐소. 겨우 칼을 뽑을 수 있던 어린 시절부터.
325 세련된 어법은 배워 본 적도 없소. 그 사람은
알맹이건 껍데기건 마구 뱉어 버리지.
기회를 주시오. 내 그 사람한테 가서 얌전히
합법적 절차에 따라 재판을 받도록 설득하겠소.

설사 극형을 받게 되더라도.

원로원 의원 1   고귀한 호민관님들,

그게 인도적인 방법이요. 그렇지 않으면   330

엄청난 유혈을 면치 못할 거요. 그 결과가

어떨지는 아무도 예단할 수 없소.

씨시니어스   메니니어스 의원님,

그럼 당신이 민중의 중재인이 되어 주시오.

여러분, 무기를 내려놓으시오.

브루터스   집으론 가지 말고.

씨시니어스 광장으로 모이시오. 거기서 만납시다.   335

의원님이 마아셔스를 데리고 오지 않으면,

처음 계획대로 하겠소.

메니니어스   데리고 올 것이오.

여러분도 저와 같이 가시죠. 그는 와야 합니다.

아니면 최악의 사태가 벌어집니다.

원로원 의원 1   그럼 갑시다. [일동 퇴장]

2장

코리올레이너스의 집

코리올레이너스, 귀족들과 함께 등장

코리올레이너스 내 귀를 잡고 이리저리 끌고 다니며,
바퀴에 매달아 죽이든, 거친 말발굽에
밟혀 죽이든, 타피아 절벽 위에 열배의 산을 쌓아
끝도 보이지 않는 절벽에서 떨어뜨려 죽이든,
5   맘대로 하라고 하십시오. 전 변하지
않습니다.

볼럼니아 등장

귀족 1 과연 고결한 모습 그대로요.
코리올레이너스 헌데 어머님께서 날 더 이상 두둔하지
않으시니 왠지 모르겠소. 어머닌 저것들을
10   비렁뱅이, 치사한 장사꾼, 그리고
엄숙한 집회에 아무렇게나 입고 나타나
하품이나 하고, 전쟁이냐 평화냐를 논하는데,
묵묵부답 눈만 껌뻑이는 무식하고 비겁한 것들이라고
가르쳐 오셨는데. 아, 어머님 얘기를

하던 중입니다. 어머닌 왜 저한테 좀 더 온건해   15
지라는 겁니까? 어머닌 왜 저한테
제 본성을 속이라는 겁니까? 차라리, 어머니,
저한테 사내 노릇 똑바로 하라고
말씀해 주십시오.

볼럼니아   오, 아들아, 아들아, 아들아,
권력이란 옷을 찢어버리기 전에 우선 네 몸에   20
잘 맞춰 입기를 바라는 거다.

코리올레이너스   그만하시죠.

볼럼니아 너는 이미 충분히 대장부답단다.
더 이상 뭐가 필요하겠니. 하지만 놈들이
네게 대적할 힘을 잃을 때까지만 네 성품을
감추었다면, 놈들의 저항이 이처럼   25
강하진 않았을 거다.

코리올레이너스   목매달아 죽일 놈들.

볼럼니아 아무렴, 불에 태워 죽여도 시원찮지.

메니니어스, 원로원 의원들과 등장

메니니어스 봐요, 장군, 장군은 너무 거칠었소.
좀 너무 거칠었다니까. 돌아가 사태를
수습해야 하오.

원로원 의원 1   다른 방법이 없어요.   30
아니면, 로마는 분열하고 결국엔

3막 2장 121

멸망할 거요.

볼럼니아　　　　　제발 충고를 들어라.

내 심장도 네 것만큼이나 뜨겁다.

하지만 분노로 인해 일을 그르치지 않을

분별은 지니고 있다.

35 **메니니어스**　　　　　말씀 잘하셨습니다.

이 광란의 시대가 나라를 구할

영약으로 아드님을 갈구하지만 않아도,

아드님이 놈들 앞에 머리를 조아리기 전,

내가 먼저 갑옷을 입고 나갈 텐데,

그럴 힘도 별로 없지만.

40 **코리올레이너스**　　　　　어떻게 하란 말씀이십니까?

메니니어스　호민관들한테 다시 가 주시오.

코리올레이너스　　　　　그 다음엔? 또 그 다음엔요?

메니니어스　앞서 한 말에 대해 후회한다고 하시오.

코리올레이너스　그놈들한테요? 그런 말은 신들에게도 할 수 없는데,

그놈들한테 하라고요?

볼럼니아　　　　　넌 너무 고지식하구나.

45 물론 이런 절박한 시기가 아니라면

더 없이 고귀한 태도이긴 하다만.

넌 종종 말하지 않았니? 전쟁에서는

명예와 책략이 단짝 친구처럼 함께 가야 한다고.

그럼 평화 시에는 어떻겠니? 역시 함께 가지 않는다면

잃는 게 있지 않을까?

코리올레이너스   쳇, 쳇!

메니니어스   정곡을 찌르신 말씀입니다.   50

볼럼니아 전쟁에서는 최선의 목적을 위해
책략으로 적을 속이는 것도 명예가 될 수 있듯이,
평화 시에도 필요하기만 하다면 책략과
명예의 동맹이 나쁠 거 없잖니?

코리올레이너스   왜 제게 강요하세요?

볼럼니아 민중들 앞에 나가 말할 때,   55
네 가슴이 시키는 대로 말하지 말고,
그저 혀끝으로 암송해 둔 입에 발린 말을
해주란 말이다, 비록 네 진실한 마음에는
도저히 허락되지 않는 사생아와 같은 말이겠지만.
그건 유혈의 위험을 피하면서   60
감언으로 성을 탈취하는 것만큼이나
전혀 불명예스런 일이 아니란다.
명예가 손상되는 것이 아니라면,
운명이, 친구들이 위험에 처했는데,
무엇을 마다하겠니. 어미는 지금   65
네 아내, 네 아들, 그리고 원로들과 귀족들을
대신해 말하고 있는 거다. 그런데도 너는
저 천박한 시골뜨기들한테 네 성난 표정만을
보여주고 있잖니? 그들의 호의를 얻고

70   그렇잖으면 파멸당할 지도 모르는 것들을 보호하기

보다는 말이다.

메니니어스   정말 훌륭하십니다, 부인!

자, 같이 가서, 간곡하게 말씀하시오. 그러면

현재의 위험을 제거함은 물론 과거의

손실도 만회할 수 있소.

볼럼니아   부탁이다, 아들아.

75   그들에게로 가라. 모자를 벗고,

이렇게 양팔을 활짝 벌리고,

무릎은 땅바닥에 입 맞출 만큼 구부리고,

─이런 일에는 행동이 웅변보다 낫단다,

무지한 것들은 귀보다는 눈이 밝은 법이니까─

80   그렇게 하면서 머리를 숙이거라.

그러면 네 억센 마음도 익을 대로 익은

오이처럼 흐물거리고 겸손해 보일 거다.

그리곤 말하거라. 너는 그들의 병사라고,

전쟁터에서 성장해 부드러운 태도를

85   모른다고, 허나 그들의 호의를 구함에 있어

그들이 주장하듯 부드러운 태도를

보이는 것이 옳다고, 그래서 이후로는

전심전력 너의 태도를 고치겠노라고.

메니니어스   어머님께서

말씀하신 대로만 한다면, 그놈들의 마음은

이미 장군 것이나 다름없소. 빌고 들어가면 '안녕하시오'

하듯이 '용서하오' 그럴 거요.

볼럼니아　　　　　　　　　이제 제발,

가서 그렇게 해다오. 적에게 아양을 떠느니

적을 쫓아 불구덩이 속에라도 뛰어들고

싶겠지만 말이다. [코미니어스 등장]

　　　　　　　코미니어스 장군 오셨군요!

코미니어스　광장에서 오는 길이요. 장군은 이제 　　　95

강력히 맞서거나 아니면 스스로를

방어해야 하오, 침묵하거나 피신해서.

모두가 광란에 휩싸였소.

메니니어스　말로 푸는 수밖에 없소.

코미니어스　　　　　　　그것도 좋겠군요,

장군이 해주실 수만 있다면.

볼럼니아　　　　　　해야만 하고 또 할 겁니다. 　　　100

제발 그렇게 한다고 말해다오. 어서.

코리올레이너스　제가 꼭 그래야만 합니까?

이 비열한 혓바닥으로 제 고결한 가슴에

거짓말쟁이란 낙인을 찍으라고요?

아, 좋습니다. 그렇게 하죠. 그러나 만일 　　　105

한줌 흙덩이일 뿐인 이 마아셔스의 육신으로

모든 일이 해결된다면, 차라리 놈들이

제 몸을 티끌처럼 갈아서 바람에

날려버리도록 하겠습니다. 자, 광장으로!
여러분들은 지금 정말이지 저한테 정말이지
제가 죽기보다 싫어하는 배역을
맡기시는 겁니다.

코미니어스　　　　　　자, 자, 우리가 막 뒤에서 거들 테니까.

볼럼니아　사랑하는 아들아, 어미 칭찬 들으려
군인이 되었다고 늘 말했었지? 그럼 이번에도
해본 적 없는 배역이지만 훌륭히 해내고
이 어미의 칭찬을 얻어라.

코리올레이너스　　　　　　예, 그래야만 되겠지요.
아, 내 본성이여 꺼져버려라, 창부의 혼이여
오라! 전쟁터의 군고에 맞추어 울리던
내 목소리는 내시의 음성이나
자장가를 들려주는 처녀의 음성이 되어라.
내 뺨은 악한의 미소로 위장하고
내 눈은 애송이의 눈물로 넘쳐라.
내 입술 사이에선 거지의 혀가 움직이고,
말을 탈 때 외엔 굽혀본 적 없던 무릎도
구걸하듯 굽어져라. 아, 못하겠습니다.
진실을 명예로 아는 것을 멈추고,
위선적 행위로 씻을 수 없는 비굴함을
제 영혼에 가르치다니요!

볼럼니아　　　　　　그럼 네 맘대로 하여라.

그런 걸 너한테 애걸하는 어미 심정이
네 맘보다 못하겠니? 더 치욕스럽다.   130
자, 모두가 파멸하게 놔두자. 이 어미가
네 위험한 고집을 두려워하기보다는
네 오만을 만끽하게 해다오. 어미도
너처럼 죽음 따위는 비웃어줄 만한
큰 심장을 가졌다. 원하는 대로 하거라.   135
네 용맹함은 어미 것이다. 내 젖가슴에서
빨아먹은 거지. 허나 네 오만함은
너 자신만의 것이다.

코리올레이너스   제발 진정하십시오.

어머니, 광장으로 가겠습니다.
더 이상 꾸짖지 마십시오. 어떻게든   140
놈들의 맘을 얻고 로마의 모든 이들로부터
사랑받는 사람이 되어 돌아오겠습니다.
보세요, 저 갑니다. 처한텐 인사 전해주시고요.
집정관이 되어 돌아오겠습니다. 만일
그러지 못하거든, 제 혀는 도저히   145
아첨은 못하는 걸로 알아주십시오.

볼럼니아   뜻대로 하려무나.

코미니어스 갑시다! 호민관들이 기다리고 있소.
부드럽게 말할 수 있도록 철저히 대비하시오.
듣자하니 지난번보다도 더 강력하게

장군을 탄핵할 기세라는 구려.

코리올레이너스 '부드럽게'를 제 구호로 삼겠습니다. 그럼 가실까요?

이놈들, 멋대로 꾸며 탄핵하라죠. 내 명예에

걸맞게 대처할 것입니다.

메니니어스		그래요, 하지만 부드럽게.

코리올레이너스 예, 부드럽게, 부드럽게!

3장

로마의 광장

씨시니어스와 브루터스 등장

브루터스 그자가 독재 권력을 손에 넣으려 했다고
맹공을 해야 합니다. 그래도 잘 받아 넘긴다면
민중에 대한 놈의 악감정과, 앤티엄에서 얻은
전리품을 민중들에게 분배하지 않았다는 점을
강조해야 합니다. [공안관 등장]
　　　　그자가 오더냐?　　　　　　　　　　　5
공안관 오고 있습니다.
브루터스　　　　누가 같이 오더냐?
공안관 메니니어스 영감과 언제나 그자 편만 드는
원로원 의원 몇 사람입니다.
씨시니어스　　　　　　　우리가 이미 확보해
서명까지 받은 선거인 명부는
가지고 왔겠지?
공안관　　　　예, 준비됐습니다.　　　　　　　　10
씨시니어스 출신별로 구분해서 모아두었겠지?
공안관　　　　　　　그럼요.

씨시니어스　즉시 민중들을 이리로 집합시키도록.

그리고 사형이든, 벌금형이든, 추방형이든,

내가 '민중의 이름으로 그렇게 될 지어다'라고

외치면, 민중들이 나를 따라 '벌금형'이요, '사형'이요

라고 소리치게 하시오. 자신들의 해묵은

권리와 권력을 정당하게 주장하면서

말이요.

공안관　　그렇게 전하겠습니다.

브루터스　그리고 일단 외치기 시작하면,

절대 멈추지 말고 정신이 나갈 정도로

우리가 선고한 바를 즉시 집행하라고

계속 떠들게 하시오.

공안관　　　　잘 알겠습니다.

씨시니어스　우리가 암시만 주면 바로바로 할 수 있도록

만반의 준비를 하게 하고.

브루터스　　　　어서 실행하시오.

[공안관 퇴장]

그 놈이 분통을 터뜨리게 해야 합니다.

그 놈은 정복과 전쟁질 밖에 모르는 놈입니다.

한번 화가 나면 절대 참지 못하죠.

뚜껑을 열고, 놈의 가슴 속에 있는 말을

쏟아내게 해야 합니다. 그 순간이 놈의 목을

꺾어버릴 절호의 기회입니다.

씨시니어스　　　　　　　　자, 저기 오네.　　　　　　　

　　　코리올레이너스, 메니니어스, 코미니어스, 그리고 다른 사람들 등장

메니니어스　부드럽게, 제발.

코리올레이너스　염려마시라니까요. 동전 한 닢만 줘도
　　　무슨 욕이든 개의치 않는 말지기처럼 행동하겠습니다.
　　　영광스런 신들이시어 로마를 굽어 살피시고,
　　　재판석은 덕 있는 자만으로 채우시며,　　　　　　　35
　　　우리 가운데 사랑을 심으시고,
　　　신전은 평화의 제전으로 장식하시며,
　　　로마의 거리가 전란에 휩싸이지
　　　않게 하소서!

원로원 의원 1　　　아멘, 아멘.

메니니어스　정말 훌륭한 기원이요.　　　　　　　　　　40

　　　　　　　　공안관이 민중들과 함께 등장

씨시니어스　자, 여러분, 가까이들 모이시오.

공안관　　　　　　　　　　　주목하시오, 여러분!
　　　자, 조용히!

코리올레이너스　　　내 말부터 들어주시오!

두 호민관　　　　　　　　　　좋소, 말해보시오. 조용히! 조용!

코리올레이너스　내가 두 번 다시 탄핵받을 일은 없겠지요?

모든 것은 여기서 결판나는 거요?

씨시니어스   만일 당신이
45   민중의 권위에 복종하고 그래서
         그들의 대표자들을 인정한다면, 당신의
         죄목에 대한 합법적 처벌을 기꺼이
         수용하기를 요구하는 바이요.

코리올레이너스   수용하겠소.

메니니어스 자, 시민 여러분, 수용하겠답니다. 코리올레이너스 장군은
50   많은 전공을 세웠다는 걸 잊지 마십시오. 묘지의
         무덤처럼 그의 몸에 새겨진 수많은
         상처를 기억해 주십시오.

코리올레이너스   좀 긁힌 자국들일 뿐입니다.
         웃음이나 살 하찮은 상처들인데.

메니니어스   또한, 이분의
         말투가 여러분 같지 않을 땐, 이분이
55   군인이라는 점을 참작해 주셔야 합니다.
         말씨가 좀 거칠 때도 있지만 여러분에게
         악의가 있어서가 아니라 군인은 으레
         다 그렇기 때문인 것입니다.

코미니어스   자, 자, 이제 그만!

코리올레이너스 도대체 무슨 일이요?
60   만장일치로 나를 집정관으로 선출해 놓고선
         곧 바로 그 지위를 박탈해 내 명예를

짓밟으니 말이요?

씨시니어스   우리의 심문에나 답하시오.

코리올레이너스 좋소, 말하시오. 그건 내 의무니까.

씨시니어스 당신은 로마 시민들의 모든 기존 권리를

박탈하고, 스스로 독재 권력을 득하려 획책했던 바,   65

당신을 민중의 반역자로 기소하는 바이오.

코리올레이너스 뭐! 반역자?

메니니어스   안 돼, 침착하게! 약속했잖소!

코리올레이너스 지옥 불아, 이 민중 놈들을 집어삼켜라!

날보고 반역자라고! 이 모략을 일삼는

호민관놈들아! 네 놈들의 눈에 이만명의 죽음이   70

깃들어 있고, 네 놈들의 손에 수천만의 죽음이

쥐어져 있으며, 네 놈들의 혀에 그 둘을

합친 것보다 더 많은 죽음이 웅크리고 있어도,

신에게 기도할 때처럼 거리낌 없이 '네놈들은

거짓말쟁이다'라고 말하겠다.

씨시니어스   민중 여러분, 이자의 말을 들었습니까? 75

시민 일동 바위절벽으로 끌고 가라, 저놈을 바위절벽으로!

씨시니어스 진정하시오!

죄목을 더 추가할 필요도 없습니다.

여러분들이 직접 보고 들으셨습니다.

여러분의 관리들을 때리고, 여러분에게   80

욕설을 퍼부으며, 폭력으로 국법을 어겼습니다.

그리고 바로 이 자리에서 자기를 심문하는
민중의 대표마저 무시했습니다. 이것만으로도
그 죄상이 극명한 바, 극형에 처해야
마땅할 것입니다.

85 **브루터스**　　　　　　그래도 로마에 대한 공적을
참작해 —

코리올레이너스　이 마당에 공적 얘기는 왜 꺼내는 거냐?

브루터스　알고 있기에 말했을 뿐이요.

코리올레이너스　　　　　네 놈이 안다고?

메니니어스　어머님께 드렸던 약속이 이런 거요?

코미니어스　제발, 명심해주시오 —

코리올레이너스　　　　　이젠 아무것도 생각나지 않습니다.
90 나를 타피아의 절벽에서 떨어뜨려 죽이든,
추방시켜 버리든, 살가죽을 벗기든,
굶어 죽이든 맘대로 하라고 하십시오.
저놈들의 동정을 사기 위해 아양 떠는 말은
한 마디도 않겠습니다. '안녕'이란 말 한마디에
95 놈들의 호의를 살 수 있다 해도 내 정신은
꺾지 않을 것입니다.

씨시니어스　　　　　저자는 기회 있을 때마다
여러분을 증오하며 여러분의 권리를
박탈할 갖은 방법을 궁리하는 자입니다.
그리고 법을 집행하는 관리들에게마저

증오의 폭력을 휘둘렀습니다. 따라서 '민중의 이름으로', 100

그리고 우리 호민관의 권한으로 지금 즉시

저자를 로마에서 영원히 추방하며,

만일 이를 어길 시엔, 타피아의 절벽에서

떨어뜨리는 극형에 처할 것이다. '민중의 이름으로'

지금 즉시 시행할 것을 명한다. 105

시민 일동 그래도 시행하라! 그대로 시행하라!

저자를 끌어내라! 저놈을 추방하라! 추방하라!

코미니어스 내말을 좀 들어보시오, 여러분, 내 민중 친구들이여!

씨시니어스 선고는 내려졌소. 더 들을 일 없소!

코미니어스 한 마디만!

나는 집정관을 지내 온 사람으로서, 110

로마의 적들이 내게 새긴 상처들도 보여줄 수 있는

사람이오. 나는 내 생명보다도, 내 아내의

명예보다도, 내 아내에게서 태어난 내 자식들

보다도, 내 조국의 이익을 더 고귀하게,

더 신성하게, 더 심오하게 생각하는 사람이오. 115

그런 내가 말하고자 하는―

씨시니어스 거 다 아는데 무슨 말씀을 또?

브루터스 그자는 민중의 적이자 국가의 반역자로

추방된 겁니다. 더 이상 말이 필요 없습니다.

그대로 시행될 따름입니다!

시민 일동 즉시 시행하라! 즉시 시행하라!

120 **코리올레이너스** 이 천한 개자식들아! 썩은 늪지에서 피어나는
독기 같은 네 놈들의 숨길도 증오하고,
네 놈들의 호의도 썩은 시체에서 풍기는
악취일 뿐이다. 내가 오히려 네놈들을 추방한다!
여기서 영원히 혼돈에 빠져버려라!
125 사소한 소문에도 네놈들 새가슴이 요동치고,
적의 투구 깃털이 조금만 까닥여도
절망에 몸부림쳐라! 너희들의 수호자를
추방해버린 그 권력에 취해 결국엔
모든 이들을 적으로 만들고, 그래서
130 피한방울 흘리지 않고 너희를 무너뜨린
나라의 포로가 되어버려라! 네 놈들로 인해
나는 이 로마를 경멸하면서 내 등을 돌린다.
세계는 또 다른 곳에도 있으니까.

코리올레이너스, 코미니어스, 메니니어스,
다른 원로원 의원들과 귀족들 함께 등장

공안관 민중의 적이 사라졌다! 민중의 적이 없어졌다!
135 **시민 일동** 우리의 적이 추방되었다! 놈이 쫓겨났다! 와아! 와아!
씨시니어스 성문까지 가서 놈이 빠져나가는 것을 보십시오.
그리고 그놈이 여러분한테 한 것처럼, 그놈한테
온갖 욕설을 퍼부어 주십시오. 그놈은
이런 고통을 받아 마땅한 놈입니다.

그리고 우리 호민관들이 시내를 통과할 수 있게
경호를 해주시오.

시민 일동 가자! 놈이 성문을 빠져나가는 꼴을 구경하자! 가자!
신들이시여, 우리 훌륭한 호민관들을 보호하소서! 가자!

[모두 퇴장]

4막

1장

로마의 성문 앞

코리올레이너스, 볼럼니아, 버질리아, 메니니어스, 코미니어스 및 로마의 젊은 귀족들 등장

코리올레이너스 자, 눈물을 거두세요. 작별인사는 간단히
드리겠습니다. 머리 여럿 달린 짐승[22]이 절 쫓아냈습니다.
아니, 어머니, 예전의 그 용기는 다 어디에 두셨습니까?
극한의 고통이야말로 담력의 시금석이라고
5   하셨잖아요. 평범한 위기는 평범한
인간들도 감당한다, 바다가 잔잔할 땐
어느 배나 능숙하게 항해하지만, 운명의
치명타를 입고도 태연하려면 귀족다운
지혜가 필요하다 말씀하셨잖아요. 어머니는
10   언제나 이런 교훈들을 제가 암송케 하며,
제 마음을 강철같이 강하게 만드셨잖아요.

버질리아 오 하나님! 오 하나님!

코리올레이너스   그만해, 제발, 여보.

볼럼니아 이제 붉은 역병[23]이 로마의 모든 장사치들과

---

22. 변덕스러운 대중들에 대한 르네상스 시대의 비유적 표현이다(Holland 319).
23. 피부에 붉은 발진을 일으키는 전염병을 일컫는 것으로, 아마도 발진 티푸스를 의미

모든 장인들을 다 쓰러뜨리길!

코리올레이너스 고정하세요, 어머니!

제가 없어지고 나면 다시 절 사랑할 겁니다.　　　　　　15

안돼요, 어머니, 용기를 내세요. 헤라클레스의 아내였다면,

그의 열두 가지 과업 중 여섯 개는 어머니가

도맡아 남편의 수고를 덜어주겠노라고

하셨잖아요. 코미니어스, 상심하지 말고, 안녕히.

잘 있어요, 여보, 그리고 어머니도.　　　　　　　　20

전 아직 잘할 수 있습니다. 메니니어스,

당신의 눈물은 젊은이들 것보다 더 짜니까

눈에 더 해로워요. 한때 나의 사령관이셨던

코미니어스, 당신은 냉정한 얼굴로

마음을 모질게 하는 광경들을 흔히 봐왔죠.　　　　25

그러니 이 비탄에 빠진 여인들을 위로해

주십시오. 불가피한 재앙에 통곡하는 것은

그것을 비웃는 것만큼이나 어리석은

짓이라고. 어머니, 제 위험은 언제나

당신의 위안거리라고 하셨잖아요. 제 말　　　　　30

흘려듣지 마세요 ― 저는 지금 혼자 갑니다,

늪에 숨어 있는 외로운 용처럼.

그 용은 보이지 않기 때문에 더 두렵고

더 많은 말을 만들어 냅니다.

하는 것일 수 있다(Holland 320).

35 　　당신의 아들은 깜짝 놀랄 만한 일을

　　해낼 것입니다, 교활한 술책에

　　걸려들지만 않으면요.

볼럼니아　　　　　　　　내 일등 아들아,

　　어디로 가려느냐? 코미니어스 장군과

　　당분간 함께 가려무나. 네 앞길에 무슨 일이

40 　　닥치던 마구 덤비지 말고 꼭 어떤

　　대비책을 세워라.

코리올레이너스　　　　오, 신이시여!²⁴

코미니어스　한 달은 따라다니겠소. 거처도 마련해

　　상호간에 소식도 주고받을 수 있게 하고.

　　때가 되어 당신을 소환할 수 있게 된다면,

45 　　한 사람을 찾느라 광활한 온 세상을 뒤지며

　　절호의 기회를 놓치지 말아야 하니까.

　　기회도 필요한 사람이 없을 땐

　　금세 식어버리지.

코리올레이너스　　　　안녕히 계십시오.

　　연세가 너무 많으세요. 멀쩡한 자와 유랑하기에는

50 　　전장에서 포식한 상처도 너무 많으시고요.

　　성문 밖까지만 함께해 주세요.

　　자, 사랑하는 당신, 경애하는 어머니,

---

24. Lee Bliss의 경우는 이 대사를 버질리아에게 주고 있는데, 성격상 그녀에게 더 어울
　　린다고 판단해서이다(Bliss 214).

그리고 내 고결한 벗들이여. 웃으며

작별해 주세요. 제발, 자.

내가 땅위에서 숨을 쉬는 한, 나에 관한   55

소식을 듣게 되실 겁니다. 이전과

결코 달라진 것이 없는 나에 대한

소식을요.

메니니어스　　　훌륭한 말이요.

누가 듣더라도. 자, 울지 맙시다.

이 노쇠한 팔 다리에서 칠 년씩만 덜어낼 수   60

있다면, 맹세코 어딜 가든 당신과

함께하련만.

코리올레이너스　　　악수를 하시죠, 자.

2장

로마의 거리

씨시니어스와 브루터스, 공안관과 함께 등장

씨시니어스 이제 다들 집으로 돌아가게 하시오.
그놈이 떠나버렸으니, 이제는 된 거요.
그놈을 편들던 귀족들은 파랗게
질려 있소.

브루터스 이쪽의 힘을 충분히 보여준
5 셈이니, 앞으론 이전보다 훨씬 겸손한 척
해야겠습니다.

씨시니어스 모두 해산시키시오.
그리고 최대의 공공의 적이 제거됐으니
예전의 권력을 되찾은 것이라
전하시오.

브루터스 자, 얼른 해산시키시오. [공안관 퇴장]
놈의 모친이 오는데요.

볼럼니아, 버질리아, 그리고 메니니어스 등장

씨시니어스 피합시다.

브루터스   왜요?   10

씨시니어스 저 여자는 머리가 돌았다는 소문이요.

브루터스 이쪽을 봤나보네요. 그냥 가시죠.

볼럼니아 오, 너희들 잘 만났다. 온갖 역병들아

죄다 저놈들 머리 위에 떨어져라! 그래서

내 빚을 갚아다오!

메니니어스   쉬, 쉬! 소리치지 마시고.   15

볼럼니아 울음이 복받쳐 말을 잇지 못하겠구나.

그래도 들어라 이놈들아!

[씨니니어스에게]   도망치려는 거냐?

버질리아 [브루터스에게] 당신도 못가요! 아, 남편한테도 그렇게

말할 수 있다면!

씨시니어스 [볼럼니아에게] 당신이 인간이요?

볼럼니아 그렇다, 이 바보 놈아. 인간인 게 부끄럽냐?   20

정신 차려라, 광대 놈아. 내 아버지는 인간이 아니셨니?

그래, 네놈은 정신 멀쩡한 여우새끼라 네 주둥이가

뱉어낸 말보다도 더 많은 로마의 적들을

물리친 내 아들을 추방했구나?

씨시니어스   이런, 맙소사!

볼럼니아 네 놈이 그 현란한 말솜씨를 자랑하던   25

순간에도 내 아들은 피를 흘렸다, 로마를 위해!

가지 말고, 내 말을 더 들어라! 거기 서라니까!

아, 여기가 아라비아 사막이고, 내 아들이

칼을 뽑아 네 족속들 앞에 서 있었으면
좋겠다!

씨시니어스 그래서 뭐?

30 **버질리아** 그래서 뭐?
내 남편이 당신들 혈통을 끊어 버리겠지.

볼럼니아 네 놈들 사생아들까지 모두 다. 착한 아들아,
로마를 위해 그 많은 상처를 입었는데!

메니니어스 자, 자, 진정하시라니까요!

35 **씨시니어스** 나라를 위해 그토록 애써주고 만든 매듭을
자기 손으로 풀지 않기를 내 얼마나 바랐는지
아시오?

브루터스 얼마나 바랐는지 아느냐고요!

볼럼니아 그걸 바랐다고? 네 놈들이? 우주의
비밀이라도 되는 양 내 아들의 가치를
40 몰라보던 저 얼빠진 꽹이 새끼들을 선동한 게
바로 네 놈들 아니더냐?

브루터스 [씨시니어스에게] 거참, 그냥 가시죠.

볼럼니아 이제 제발 꺼져다오. 장한 짓을 저질러 놨으니.
가기 전에 한마디는 해주마. 주피터
신전이 로마의 가장 누추한 건물보다
45 뛰어난 한, 내 아들—그러니까 여기 이 부인의
남편은, 알겠어? 네 놈들한테 추방당했어도
네 놈들 모두를 합친 것보다 위대하다.

브루터스 자, 자, 우리는 가겠소.

씨시니어스   미친개한테 공연히

욕볼 필요 없지. 갑시다.

[두 호민관 퇴장]

볼럼니아   내 저주를 받아라, 이놈들아!

신들이여, 오직 내 저주만을 들어주소서!   50

하루에 한 번씩만이라도 저 놈들을 만날 수 있다면,

내 가슴을 짓누르고 있는 이 한이 조금은

풀릴 수 있으련만.

메니니어스 정말 그럴 만도 하시죠. 자, 저녁이나 함께 하시죠.

볼럼니아 분노가 제 식사입니다. 제 살을 갉아 먹어   55

배가 부를수록 죽어가는 꼴이죠.

[버질리아에게]   자, 가자꾸나.

얘야, 그렇게 나약하게 훌쩍거리지 마라.

울려거든 나처럼 분노에 차서 주노 여신처럼

울거라. 자, 자, 자. [볼럼니아와 버질리아 퇴장]

메니니어스   허 참, 쯧, 쯧, 쯧! [퇴장]

3장

로마와 앤티엄 사이의 도로

니카노(로마인)와 애드리안(볼스키인)이 등장한다.

니카노 나도 당신을 잘 알고, 당신도 날 잘 아는데, 아마도, 당신 이름이 애드리안이지?

애드리안 그렇소만, 솔직히 난 당신이 기억 안 나는데.

니카노 난 로마인이오만, 내 임무는, 당신과 마찬가지로, 로마인과 대적

5 하는 것이지. 아직도 날 모르겠소?

애드리안 니카노, 아니요?

니카노 맞아요.

애드리안 지난 번 봤을 때보다 수염이 많아지셨네. 하지만 말투 때문에 금세 알아볼 수 있었소. 로마에서 무슨 소식이라도? 볼스키로부

10 터 당신을 찾으라는 지령이 있었소. 이렇게 만난 덕분에 온종일 찾아 헤매지 않아도 되겠네.

니카노 로마에서 최근에 아주 묘한 반란이 있었소. 민중들이 원로원과 귀족들, 그리고 상류계층을 상대로 들고 일어났던 거지.

애드리안 있었다고? 그럼 지금은 상황이 다 종료된 거요? 볼스키 정부는

15 그렇게 생각하지 않소. 한창 전쟁 준비를 하면서, 로마의 분열이 최고조에 달했을 때 쳐들어갈 계획을 하고 있소.

니카노 가장 뜨거운 불은 사그라졌소만 잔불이 남아 있어 언제 다시 피
어오를지 모르지. 귀족들이 훌륭한 코리올레이너스 장군의 추방
에 진심으로 분개하고 있어 민중들로부터 모든 권력을 박탈하고,
호민관들마저 영원히 제거해 버리려고 단단히 벼르고 있으니 말 20
이요. 분명히 말하지만, 이런 상황이 점점 더 격화되어 거의 폭발
직전이요.

애드리안 코리올레이너스가 추방되었소?

니카노 추방되었다니까요.

애드리안 정말 반가운 정보요, 니카도. 25

니카노 상황이 볼스키에 유리하게 돌아가고 있소. "남의 아내를 꾀어내
려면 남편과 사이가 틀어졌을 때가 제일 좋다"란 말도 있잖소.
이번 전쟁에선 당신네 오피디어스 장군이 돋보일 거요, 그분의
맞수인 코리올레이너스가 이젠 로마에 없으니까.

애드리안 꼭 그렇게 돼야지요. 여기서 우연히 당신을 만난 건 정말 행운 30
이었소. 당신 덕분에 일을 쉽게 마쳤으니, 기꺼이 당신을 볼스키
로 데리고 돌아가겠소.

니카노 지금부터 저녁식사 전까지 로마에서 일어난 너무도 이상스런 사
건들에 대해 몽땅 얘기해 주겠소. 모두 볼스키를 유리하게 하는
것들이지. 전쟁 준비는 다 맞췄다고 했던가? 35

애드리안 철저히. 각 부대와 병사들이 이미 각자의 임무를 명받았고, 한
시간 내로 출정할 수 있도록 준비를 끝냈소.

니카노 만만의 태세를 갖추었다니 나도 기쁘오. 내 정보로 인해 그들이
즉각 움직일 수 있게 된 것 같군. 정말 잘 만났소. 함께 가게 돼

⁴⁰　진짜 반갑고.

애드리안　내가 할 대사를 당신이 하는군.[25] 나야말로 당신과 함께 가게

되어 반갑소.

니카노　자, 같이 갑시다. [퇴장]

---

25. 셰익스피어는 의도적으로 연극과 관련한 표현들을 자주 사용해, 극의 연극성을 강

화한다. 일반적인 맥락에서 위의 대사는 "내가 할 말을 당신이 하는 군" 정도로 바

꾸어 표현할 수 있을 것이다.

4장

앤티엄, 오피디어스의 집 앞

코리올레이너스, 비천한 옷차림으로 위장을 하고 두건을 쓴 채 등장한다.

코리올레이너스 좋은 도시구나, 이 앤티엄은. 앤티엄이여, 너에게
과부들을 만들어준 장본인이 바로 나다.
이 아름다운 건물들의 수많은 상속자들이
전쟁이 나자 신음하며 쓰러져 갔다. 그러니
나를 알아보지 마라. 여인들이 쇠꼬챙이를 들고   5
아이들은 돌을 던지며 나를 죽이겠다
덤벼들지 않도록.
[시민 등장]
　　　　　　　　이보시오, 안녕하시오?

시민 안녕하세요.
코리올레이너스 괜찮다면, 좀 알려주시겠소? 오피디어스 장군이
있는 곳 말이요. 지금 그분은 앤티엄에 계시오?
시민 그렇소. 오늘 밤 귀족들과 자택에서   10
만찬을 하신다던데.
코리올레이너스 어디요, 그 분 댁이?

시민 당신 앞에 있는 바로 이 집이요.

코리올레이너스   고맙소, 안녕히 가시오.

오, 변화무쌍한 세상아! 가슴은 둘이나 마음은 하나,

시간도, 잠자리도, 식사도, 운동도

15 함께하는, 말하자면, 도저히 갈라놓을 수 없는

한 쌍처럼 사랑에 빠진 친구도 동전 한 닢

때문에 의견이 갈려 순식간에 철전지

원수가 된다. 그래서 불구대천의 원수도

격정과 음모로 잠 못 이루며 서로를

20 쓰러뜨리려 몸부림치다가도, 아주 우연히,

달걀 하나 값치도 없는 사소한 일로 인해,

다시없는 친구가 되고, 운명을 함께 한다.

나 역시 그러하다. 난 내 조국을 증오한다.

그리고 내 적의 도시를 사랑한다.

25 들어가 보자. 그가 나를 찌르더라도, 그는

정의를 행하는 것일 뿐. 허나 나를 받아준다면

나는 그의 나라를 위해 싸울 것이다.

5장

오피디어스 집 안의 홀

음악 연주, 그 연회실로부터 하인 한 명이 등장한다.

하인 1 술 좀 더 줘, 술, 술! 이따위로들 할 거야? 이놈들 다 골아 떨어졌나?

[퇴장]

또 다른 하인이 연회실에서 등장

하인 2 코터스 녀석 어디 있지? 주인님이 찾으시는데, 코터스!

코리올레이너스 등장

코리올레이너스 훌륭한 저택이다. 만찬장 음식 냄새도 좋고.
하지만 내가 초대받은 손님처럼 보이지는 않겠구나.

하인 1이 술병을 들고 다시 등장

하인 1 무슨 일이요? 어디서 온 사람이야? 여기는 당신 같은 사람이 낄 ₅
자리가 아니요. 자 어서 썩 나가요! [퇴장]
코리올레이너스 이런 대접을 받아도 할 말은 없지, 내가
코리올라이를 점령하고 코리올레이너스가 되었으니.

하인 2 어디서 온 놈이야? 보초 녀석은 대체 머리에 눈을 달고 있는 거
10   야, 뭐야, 이런 놈을 들여보내고? 이봐, 나가!

코리올레이너스 비켜라!

하인 2 비켜라? 너나 비켜라!

코리올레이너스 정말 귀찮은 놈이구나.

하인 2 어쭈 무서운 게 없는 놈이구나. 혼꾸멍이 나봐야 정신 차리지!

하인 3 등장. 하인 1이 그와 조우한다.

15 **하인 3** 웬 놈이야?

하인 1 괴상한 놈이야. 처음 봐. 도무지 이 집에서 나가려고 하질 않아. 어서
        주인어른 좀 모셔오게.

하인 3 대체 여기서 뭐하는 수작이야? 썩 꺼지지 못해!

코리올레이너스 건드리지 마시오. 헤치진 않을 테니.

20 **하인 3** 당신 누구요?

코리올레이너스 신사요.

하인 3 끔찍하게 가난한 신사양반이구만.

코리올레이너스 사실, 그렇다.

하인 3 이봐, 비렁뱅이 신사양반, 다른 데로 가보쇼. 여긴 댁 같은 사람
25   이 있을 데가 아니오. 자, 어서, 썩 꺼지시오, 어서.

코리올레이너스 가서, 네 할 일이나 해, 그리고 식은 음식 찌꺼기나 잔뜩
        주워 먹어! [하인 3을 밀어버린다.]

하인 3 뭐, 못나가? 어서 주인 나리께 괴상한 놈이 와 있다고 전해주게!

하인 2 알겠네.

하인 3 사는 데는 어디요?   30

코리올레이너스 하늘 아래.

하인 3 하늘 아래?

코리올레이너스 그래.

하인 3 하늘 아래 어디?

코리올레이너스 솔개와 까마귀들의 도시.[26]   35

하인 3 솔개와 까마귀들의 도시? 무슨 당나귀 풀 뜯어 먹는 소리야? 아
　　니, 그럼 깜빡깜빡 갈까마귀 바보 놈들하고 같이 산다고?

코리올레이너스 아니, 난 네 주인을 섬기지 않는다.

하인 3 어떻게, 감히! 이 작자가 우리 주인님을 걸고넘어지네![27]

코리올레이너스 그래, 그럼 네 놈의 안주인 마님을 걸고넘어지랴? 헛소 40
　　리 그만하고, 접시들이나 치워라. 자 비켜라.

　　[그를 때려서 내쫓는다. 하인 3 퇴장]

　　　　　　오피디어스가 하인 2와 함께 등장한다.

오피디어스 그 놈은 어디에 있느냐?

하인 2 여기 있습니다. 안에 계시는 손님들 언짢으실까봐 참았지, 아니

---

26. 솔개와 까마귀는 코리올레이너스 자신을 로마에서 쫓아낸 로마 민중들을 빗댄 표
　　현(Holland 336).
27. 코리올레이너스가 말한 '주인'은 갈까마귀 바보 놈인데, 하인 3은 오피디어스를 의
　　미하는 것으로 오해하고 있다. 셰익스피어 특유의 말장난.

면 그 놈을 제가 아주 개 패듯이 패주었을 겁니다요. [하인 1, 2 옆
으로 물러선다.]

45 **오피디어스** 어디에서 온 놈이냐? 뭣 때문에 온 거지? 이름이 뭐야?
왜 말이 없느냐? 말해, 이름이 뭐냐니까?

코리올레이너스   오피디어스,
얼굴을 보고도 아직 나를 못 알아본다면,
할 수 없지. 내 이름을 밝혀줄 수밖에.

오피디어스   이름이 뭐냐니까?

코리올레이너스 볼스키에게 감미로운 이름은 아니오.
당신도 좋아할 리 없고.

50 **오피디어스**   닥치고, 이름이나 말해라.
외모는 당당하고, 얼굴엔 위엄이
깃들어 있구나. 배의 장비는 낡아 빠졌다만,
선체만큼은 품위가 있군. 이름이 뭐냐?

코리올레이너스 이맛살을 찌푸릴 준비나 하시오. 못 알아보겠소?

55 **오피디어스** 모른다니까! 이름이 뭐야?

코리올레이너스 내 이름은 카이어스 마아셔스.
그대에게도, 볼스키 전체에도 큰 상처와
재앙을 주고 얻은 코리올레이너스라는 이름도 있지.
고통스런 헌신과 극도의 위험,
배은망덕한 조국을 위해 흘렸던 피의 대가는
60 오로지 그 이름뿐이요. 그대가 나에 대해
품고 있을 증오와 분노를 일깨워주고

증언해주는 이름이지. 오직 그 이름만이 남았소.
나를 버렸던 비겁한 귀족들이 묵인하는 가운데,
민중들의 잔인함과 질투심은 나의 다른 모든 것을   65
삼켜버렸고, 그 노예 같은 놈들에 의해 나는
로마에서 내쫓겼소. 이런 극한 상황이 나를
그대 집으로 이끌었소. 오해는 마시오.
목숨을 구걸하려고 온 것은 아니니.
죽음이 두려웠다면, 세상 모든 사람들 중   70
그대만은 꼭 패해야 했을 테니까. 나를
추방한 자들에 대한 순수한 증오심으로
여기 그대 앞에 서있는 것이오. 그러니
그대 가슴이 복수심으로 가득 차, 그대의
개인적인 원한도 풀고, 그대의 조국에 행해진   75
사지절단의 치욕도 끝내고자 한다면,
나의 이 비참한 처지를 이용해
그대의 복수를 하란 말이오. 저 썩어빠진
조국이 상대라면 나는 지옥의 마귀처럼
싸울 것이요. 허나 그대에게 그만한   80
용기가 없고, 더 이상 운명을
시험해 볼 의지가 없다면, 나도 더 이상
살 의욕은 없소. 이 목을 숙적인
그대한테 바칠 테니, 자, 자르시오.
지금 자르지 않는다면 그대는 바보요.   85

볼스키의 피로 온몸을 적셔온 나요.

내가 그대 편에서 싸우게 하지 않는다면,

그건 그대에겐 치욕이 될 것이오.

오피디어스 오, 마아셔스! 마아셔스! 당신의 한 마디

90 한 마디는 내 가슴의 뿌리 깊은 원한을

일거에 제거해 주었소. 주피터 신이

저 구름 사이로 '이것은 진실이다'라고 말한다 해도,

군신 마르스인 마아셔스, 그대의 말보다

더 신뢰하지는 않을 거요. 오, 마아셔스! 내가 그대를

95 안도록 해주시오. 수없이 내 창을

부러뜨리고, 그 부서진 조각들로 달님까지

겁먹게 했던 그 몸을 말이요. 이제 나는

내 검으로 수없이 내리쳤던 그 몸을

껴안고, 야심만만하게 그대의 용맹과 경쟁했듯이

100 뜨겁게 그리고 고결하게 그대의 사랑과

경쟁하겠소. 그대여 이걸 먼저 알아주시오.

난 내 아내를 사랑했고, 누구보다 진실한

맹세를 했었소. 하지만, 여기서 그대를,

누구보다 고결한 그대를 보는 순간,

105 첫날밤 문을 열고 들어오는 내 아내를

볼 때보다 내 심장은 더욱 미친 듯 춤추고 있소.

오, 그대 군신 마르스여! 고백하건데 우리는 이미

출전준비를 마쳤고, 그대의 방패를 꿰뚫든

내 사지가 절단되든 한 번 더 사생결단을
낼 참이었소. 그동안 나는 열두 번이나   110
그대한테 패했고, 그 후론 매일 밤
그대와 혈투를 벌이는 악몽에 시달려 왔소.
―땅바닥에 나뒹굴고, 투구를 벗기며,
목을 조르고―초죽음이 되어 깨어보면 헛된 꿈일
뿐이었지. 위대한 마아셔스, 그러나 이제 로마엔   115
원한이 없고, 오직 당신의 추방에만 분노한다
하더라도, 열두 살 소년부터 일흔 살 노인까지
모조리 징집해, 배은망덕한 로마의
창자 속에 대홍수의 노도처럼 볼스키
대군을 쏟아 붓겠소. 자, 어서 안으로.   120
그리고 나를 환송하기위해 여기에 와있는
원로원 의원들과 악수합시다. 나는 로마 자체는
아니지만, 그 외곽지역을 공격할 계획이요.

코리올레이너스 신들이시여, 감사하나이다!

오피디어스 그대가 복수를 위해 직접 지휘하겠다면,   125
내 군대의 반을 내주겠소. 전쟁에 대해,
그리고 로마의 강점과 약점에 대해
그대보다 잘 아는 사람이 있겠소?
모든 걸 그대의 계획대로 하시오.
로마로 직접 쳐들어가든가, 변두리부터   130
공략하면서 겁부터 주든가. 좌우간 안으로

들어갑시다. 원로원에 알려야겠소. 그들도
기꺼이 호응해줄 거요. 참으로 잘 와주셨소!
이제 우린 원수가 아니라 친구요. 자, 손을!

[양인 퇴장]

두 하인 앞으로 나온다.

135 **하인 1** 이거 엉뚱한 장면인데!

하인 2 정말 패줄 작정이었는데, 어쩐지 옷차림새 하고 사람이 좀 다르
다는 생각이 들더란 말씀이야.

하인 1 팔 힘이 어찌나 세던지! 두 손가락으로 나를 팽이 돌이들이 휙 내
동댕이쳤다니까.

140 **하인 2** 얼굴을 보니까 뭔가 있다 싶더라고. 뭐라고 딱 꼬집어 얘기할 순
없지만, 암튼 관상이 예사롭지 않더라고.

하인 1 그렇다니까, 생김새가 장난이 아니었어. 내가 생각할 수 있는 그
이상의 뭔가가 그 분 안에 있다 이렇게 생각했다니까, 내가. 이게
거짓말이면 내 목을 매!

145 **하인 2** 나도 그랬어! 맹세한다고. 정말 세상에 둘도 없는 그런 모습이었어.

하인 1 나도 그렇게 생각해. 하지만, 그 양반보다 더 위대한 군인이 있지.

하인 2 누구? 우리 주인님?

하인 1 두 말하면 잔소리지.

하인 2 그자보다 여섯 곱절은 더 대단하지.

150 **하인 1** 아니 뭐 꼭 그렇게까지야. 하지만 아무튼 우리 주인나리가 더 대
단한 군인인 것만큼은 틀림없다고 봐.

하인 2 사실 말이지, 어떻게 말해야 할지는 모르겠네만, 여기 도시를 방
어하는 데 있어서는 우리 장군님이 최고지.

하인 1 맞고말고. 공격도 마찬가지고.

하인 3 다시 등장

하인 3 아, 이놈들아, 너희들한테 알려줄 소식이 있어, 소식이, 야, 이 자 155
식들아.

하인 1, 2 뭔데, 무슨 소식이야, 얼른 들어보자고.

하인 3 난 절대 로마인은 안 될 걸세. 차라리 사형수가 되고 말지.

하인 1, 2 왜 그래? 왜냐고?

하인 3 왜? 여기에 그 분이 계시니까. 우리 장군님을 박살내곤 하던 그 160
카이어스 마아셔스가 말이야.

하인 1 우리 장군님을 박살내? 뭔 소리야?

하인 3 우리 장군님을 박살냈다고? 난 그런 말 한 적 없는데. 다만, 예전
에 우리 장군님한테 좋은 적수였다는 거지.

하인 2 이것 봐, 우리는 동료이자 친구잖아. 사실 그자가 우리 장군님한 165
테 좀 벅찬 상대였지. 난 우리 장군님이 직접 그렇게 얘기하는 것
도 들었다니까.

하인 1 확실히 우리 장군님한테 벅찬 상대이기는 했어, 솔직히 말해서.
코리올라이 성 앞에서 그 자가 우리 장군님을 마치 고기 저미듯
이리저리 난도질 하지 않았어.   170

하인 2 만일 그자가 사람 고기를 먹을 줄 알았다면, 우리 장군님을 구워
먹었을지도 모른다고.

하인 1 그것 말고, 다른 소식은 뭔가?

하인 3 글쎄, 그 자는 마치 군신 마르스의 아들이자 상속자인 것처럼, 저 안에서 식탁 상석에 앉아 떠받들어지고 있다니까. 원로원 의원들도 질문이라도 할양이면, 그 자 앞에 모자를 벗고 섰더라고. 우리 장군님 자신도 그자가 애인인양, 손을 잡는 것도 성스러워 하시며 그 자가 말하는 걸 넋을 놓고 쳐다보신다네. 하지만, 마지막 소식은, 우리 장군님이 반으로 쫙 갈라졌다는 거야. 반은 어제까지의 그 분이고, 나머지 반은 자리에 앉았던 모든 사람들의 간청에 의해 다른 사람의 소유가 되었지. 그 자가 말하길, 곧 바로 출전해 로마 성문지기의 귓바퀴를 잡아 뜯겠다고 했다네. 자기 앞을 가로 막는 것은 모조리 베어버릴 거고, 그가 지나간 길엔 아무것도 남지 않게 될 거라 했다네.

하인 2 그 자는 해내고 말 거야. 내가 상상할 수 있는 어떤 사람보다도 잘.

하인 3 그래? 그렇겠지. 왜냐하면, 그 사람한테는 적만큼이나 친구도 많으니까. 그 친구들이란, 이봐 말하자면, 이봐 보라고, 감히 고개를 내밀려고 하질 않아, 우리가 그의 친구라고 칭하는 그 자들이 말이야 그 사람이 란[28]에 빠져 있을 때는 말이야.

하인 1 란? 그게 뭔데?

하인 3 하지만 그 양반이 다시 분기탱천하여 들고 일어날 때는, 그 친구

---

28. 이 작품에서만 유일하게 사용되고 있는 "directitude"란 단어를 번역한 것이다. discreditude(불신)나 dejectitude(절망)가 잘못 인쇄된 것으로 간주되기도 하고, 희극적 효과를 위해 일부러 의도된 '말의 우스꽝스러운 오용(malapropism)'으로 여겨지기도 한다. 여기서 필자는 하인 3이 공연히 유식한 척하느라 문자를 쓰는 것으로 간주해 한자어 '곤란(困難)'의 '어려울 란'자를 갖다 붙인 것으로 번역했다.

란 자들은 마치 비 온 뒤의 토끼들처럼 굴에서 뛰쳐나와 그 양반
과 축배를 들려하겠지.

하인 1 근데 출전은 언제 한다던가?

하인 3 내일, 오늘, 아니 지금 당장! 오늘 오후엔 북소리가 울리는 걸 듣 195
게 될 걸세. 이건 저분들이 벌이는 축제의 한 꼭지 같아서, 입을
닦기도 전에 실행될 거라고.

하인 2 허, 그렇다면 세상이 또 한 번 소용돌이치겠군. 이 따위 평화는
칼에 녹이나 슬게 하고, 재단사 수나 늘리고, 노래꾼 배불리는 게
고작이라고. 200

하인 1 얼른 전쟁이나 한 바탕 했으면 좋겠어. 낮이 밤보다 좋듯이, 전쟁
이 평화보다 훨 나아. 전쟁은 마구 달리고, 시끄럽게 떠들고, 피
냄새가 진동하지. 평화는 마비고 무기력이야. 멍청하고, 귀머거리
에다, 잠꾸러기고, 무감각한 놈이지. 전쟁에서 죽는 사람보다 평
화가 만들어내는 사생아가 더 많다니까. 205

하인 2 그래 맞아. 어떤 의미에서 전쟁은 강간범이라고 할 수도 있지만,
평화는 오쟁이 진 남편들을 잔뜩 만들어 내잖아.

하인 1 맞아. 그리고 평화는 인간들이 서로를 미워하게 만들지.

하인 3 왜냐하면, 평화 시에 인간들은 서로를 별로 필요로 하지 않으니
까. 나한테 전쟁은 돈만큼이나 좋은 거야. 우리 볼스키만큼 싸구 210
려가 된 로마 놈들을 보고 싶다고. 어이쿠 손님들이 일어나시네,
일어나고 있어.

하인 1, 2 안으로 들어가자고, 자, 안으로, 안으로! [퇴장]

6장

로마의 광장

씨시니어스와 브루터스 등장

씨시니어스 그 자 소식은 전혀 없소. 이제 그 자를
두려워할 필요는 없는 거요. 그자의
복귀운동도 뜸해졌고, 야단법석이던 민중들도
얌전해졌소. 천하가 태평이오. 이렇게 되니
5   그자의 지지자들은 완전히 풀이 죽었소.
하긴 그 놈들 이번 소동으로 욕 좀 봤어도,
우리들 장인 계급이 각자 일터에서 콧노래를
부르며 일에 열중하는 걸 보느니,
불만을 품고 거리로 쏟아져 나와,
10   난동을 부리는 꼴을 더 보고 싶겠지.
브루터스 우리가 제때에 해낸 겁니다.

메니니어스 등장

브루터스   메니니어스가 아닙니까?
씨시니어스 그렇구만. 저 양반 요즘 너무 부드러워졌어.
안녕하십니까, 의원님!

메니니어스　　　　　　　아, 두 분 다 안녕하십니까?

씨시니어스　친구들 말고는 당신의 코리올레이너스를

　　　아쉬워하는 사람도 별로 없는 것 같군요.　　　　　　　15

　　　이러고 보니, 그 사람이 더욱 발작을 했더라도,

　　　국가의 안녕에는 별 지장도 없는 건데.

메니니어스　다 잘 됐겠지. 그래도 그 사람이 타협할 줄

　　　알았더라면 더 좋았을 것을.

씨시니어스　　　　　　　어디 있습니까? 혹시 들으셨습니까?

메니니어스　아니, 아무 소식도 못 들었소. 모친과 아내한테도　　20

　　　아무 소식 없는 걸로 알고 있소.

시민 3, 4명 등장

시민 일동　두 분 호민관님께 신의 가호가!

씨시니어스　　　　　　　안녕하시오, 동지 여러분!

브루터스　모두들 잘 계시죠, 여러분? 당신도 안녕하시고?

　　　우리 자신들뿐 아니라, 처자식들까지도 두 분을 위해

　　　무릎 꿇고 기도드려야 합죠.

씨시니어스　　　　　　　여러분에게도 신의 축복이!　　　　　　25

브루터스　잘 가시오, 동지 여러분! 아, 코리올레이너스도 우리만큼

　　　여러분들을 사랑했었더라면!

시민 일동　　　　　　　안녕히 계십시오!

씨시니어스와 브루터스　잘들 가시오! [시민들 퇴장]

씨시니어스　저 친구들이 미친 듯이 고함을 지르며

거리로 쏟아져 나올 때보다는 지금이 한결
평화롭고 좋구만.

브루터스   마아셔스는 유능한
군인이긴 했지만, 워낙 오만불손하고,
상상할 수 없을 만큼 야심이 크고, 게다가
자기만 알고.

씨시니어스   동료 같은 건 필요도 없고, 오직 혼자서
정권을 틀어쥐려 했단 말이요.

35 **메니니어스**   난 그렇게 생각하지 않는데요.

씨시니어스 만약 그 사람이 집정관이 됐다면,
우리는 지금쯤 얼마나 비참하겠소?

브루터스 신들께서 잘 막아주신 거죠. 그 사람이 없어지고 나니
로마는 이렇게 안정되지 않았소.

공안관 한 명 등장

공안관   호민관 각하,
40 지금 막 노예 한 놈을 옥에 가뒀는데,
그 놈 하는 소리가 볼스키 족 2개 부대가
로마 영토에 쳐들어와 전쟁에서 있을 수 있는
가장 잔혹한 악행을 저지르며, 모든 것을
파괴시키고 있다고 합니다.

메니니어스   오피디어스요.
45 마아셔스가 추방되었다는 소식에 자기 뿔을

다시 세상에 내민 것이요. 마아셔스가 로마를
지키고 있을 때는 껍질 속에 감춰두고
감히 내놓지도 못하더니 말이요.

씨시니어스   거, 새삼스레
웬 마아셔스 타령이요?

브루터스 그 따위 유언비어를 퍼뜨리는 놈에겐 채찍질을   50
가하라. 볼스키가 쳐들어 올 리 없다.

메니니어스   쳐들어 올 리가 없다?
역사 속에서 그런 일은 얼마든지 있었소.
그런 전례를 나는 이미 세 번이나 겪었지.
그 노예를 처벌하기 전에 어디서 그런 소문을
들었는지 알아보시오. 정보를 준 사람을   55
채찍질하고 무서운 일을 경고해준 사람한테
매질을 하면 안 되니까.

씨시니어스   쓸데없는 말씀 마시오.
그런 일은 있을 수 없소.

브루터스   불가능한 일이요.

전령 한 명 등장

전령 귀족들이 지금 모두 사색이 되어서
원로원으로 가고 있습니다. 심상찮은 보고가   60
있는 듯합니다.

씨시니어스   그 노예 놈 때문이다.

민중들이 보는 앞에서 채찍질을 하라. 그 놈이

퍼뜨린 유언비어 때문이다.

전령   아닙니다, 호민관 각하.

그자의 보고는 사실로 판명되었고, 게다가

더욱 무서운 소식이 있습니다.

65   **씨시니어스**   더 무서운 소식?

전령 많은 사람들이 입을 모아 떠들고 있습니다.

사실이 어떤지는 모르겠습니다만, 마아셔스가

오피디어스와 손을 잡고 로마로 쳐들어

오고 있다는 것입니다. 노소를 막론하고

70   처절한 복수를 하겠다고 맹세하면서

말입니다.

씨시니어스   아주 그럴 듯 해!

브루터스 '마아셔스가 있었더라면'하고 겁쟁이들이 한탄하게 하려

꾸며낸 유언비어임에 틀림없습니다.

씨시니어스   뻔한 술책이지.

메니니어스 있을 수 없는 일이야.

75   그와 오피디어스는 철전지 원수인데,

절대 하나가 될 수 없지.

전령 2 등장

전령 2 원로원으로 모이시랍니다.

카이어스 마아셔스가 오피디어스와 연합하여

대군을 이끌고 쳐들어와, 닥치는 대로
부수고, 불 지르고, 약탈한다고 합니다.   80

코미니어스 등장

코미니어스 오, 당신들은 참 장한 짓을 저질렀소.
메니니어스   무슨 일이요? 무슨 일?
코미니어스 당신네들은 딸들이 능욕당하고, 아내가
코앞에서 욕을 보는 꼴을 자처한 거요.
메니니어스 도대체 무슨 일이요? 무슨 일이냐니까?
코미니어스 그 많은 신전들은 불타 잿더미가 되고,   85
당신들이 환장하던 특권들도 한낱 송곳
구멍 속에 갇히고 말거요.
메니니어스   제발 좀, 거 정말 대체 무슨 일이요?
─당신네들이 결국 제대로 일을 저지른 거 같소만─
제발, 무슨 일이요? 만일 마아셔스가 볼스키와 손을. . . .
코미니어스   만일이요!
그는 벌써 그들의 신이 되었소. 조물주보다   90
더한 신에 의해 창조된 인간 이상의 인간인양
그들을 지휘하고 있단 말이요. 그의 지휘 하에
볼스키인들은 여름철 소년이 나비를 쫓듯,
백정이 쇠파리를 잡아 죽이듯, 우리를
애송이 취급하며 쳐들어오고 있소.
메니니어스   참 대단한 일을 해놓으셨소!   95

당신들과 당신네 작업복 패거리들,

마늘 냄새 팍팍 풍기면서 선거권 타령이나

하더니 참 잘 하셨소이다!

코미니어스 그는 이 로마의 귀뿌리를 틀어잡고

흔들 것이오.

100 **메니니어스**　　　헤라클레스가 익은 과일을 흔들어

떨어뜨리듯! 참 장한 일을 해놓으신 거요!

브루터스 사실이란 말이요?

코미니어스　　　　사실이오. 그리고

다른 사실도 알기 전에 당신은 파랗게 질릴 거요.

방방곡곡이 웃으며 반란을 일으키고 있소.

105 어쩌다 저항하는 자들은 용감한 무지 탓에

조롱당하기 일쑤고 죽어도 바보 취급이요.

누가 그 사람을 비난할 수 있겠소?

우리의 적이자 그 사람의 적인 볼스키가

그의 가치를 알아 본 것인데.

110 **메니니어스** 우리는 이제 모두 끝장이요. 그분이

자비라도 베풀어주지 않는다면.

코미니어스　　　　　그럼 누가 그 자비를 빌러 가겠소?

호민관들은 차마 낯이 뜨거워 못할 거고.

민중들은 늑대가 양치기한테 받을 만한

자비나 얻으면 다행이고. 그의 절친한

115 친구들도 사정은 별반 다르지 않아서,

비록 그들이 '로마를 위해서'라고 말한다 해도,

미움을 받아 마땅한 자들이 요청할 때처럼,

원수 취급을 당할 것이오.

메니니어스   암, 그렇고말고!

그 사람이 내 집을 몽땅 불태워 버린다 해도,

'제발, 그만!'이라고 말할 면목이 없소.   120

참 잘 만들어 놨어! 당신과 당신네 쟁이 양반들,

어쩜 그렇게 솜씨가 좋아!

코미니어스   당신들 때문에 지금 로마 전체가

떨고 있소, 속수무책으로.

두 호민관   우리 탓으로 돌리지 마시오.

메니니어스 뭐? 그럼 우리 탓이요? 우린 그를 사랑했소.

다만, 악다구니치는 당신네 패거리 등쌀에,   125

우리 귀족들은 겁먹은 바보요 짐승처럼,

쫓겨나는 그 사람을 보고만 있었던 거요.

코미니어스 그러나 이제 다시 울부짖으며

그를 맞아들이게 될 것 같아 두렵소.

오피디어스는 마치 자기가 부관인 양   130

마아셔스의 지휘를 따르고 있소. 그 두 사람을

적으로 한 이상, 절망만이 우리의 전략이고,

무기이며, 방어책이오.

한 무리의 시민들 등장

메니니어스   여기 그 솜씨 좋은 양반들

납시는구먼. 그럼, 오피디어스와 마아셔스가 한꺼번에

135   온단 말이오? 여, 코리올레이너스가 추방당할 때, 고래고래

소리치며, 기름 범벅이 된 모자를 하늘 높이

던져서 대기를 오염시킨 게 바로 너희들이렷다!

어떠하냐? 그분이 오신단다! 이제 병사들

머리카락 한 올 한 올이 채찍이 되어

140   휘날리고, 하늘 구경한 모자 수만큼

바보들 머리는 땅바닥에 나뒹구는 거다.

너희들 악쓴 목청 값을 치르는 거란

말이다. 우리 모두가 불에 타 숯덩이가

된다 해도 어쩔 수 없지. 다 자업자득이니까.

145 **시민들** 정말 끔찍한 소문이 돌고 있어.

시민 1 난 말이지, 그를 추방하자는 거에

찬성은 했지만, 불쌍하다고 말했었다고.

시민 2 나도 그랬어.

시민 3 나도 그랬다고. 그리고 사실 말이지, 우리들 중에 정말 많은 사람

150   들이 그런 말을 했었다니까. 우린 사실 다른 방도가 없으니까 어

쩔 수 없이 그런 거야. 아, 사실, 얼떨결에 추방하는 거에 찬성은

했지만, 사실, 그게 우리 본의는 아니었잖아, 사실?

코미니어스 하여간 말들 참 잘하시오, 유권자 여러분들.

메니니어스 하여간 잘들 저질렀어요, 당신들과 당신네 소리꾼 여러분들.

155   자, 의사당으로 가보실까요?

코미니어스 아, 예, 달리 무엇을 하겠소? [메니니어스와 코미니어스 퇴장]

씨시니어스 자, 여러분, 해산하시오, 집으로 돌아가요.

　　　　당황할 필요 없소. 저들은 두려운 척 하지만

　　　　오히려 이 소문이 사실이길 바라는 패들이요.

　　　　귀가하고, 절대 두려운 내색을 하지 마시오.　　　　　　　160

시민 1 신들이시여, 우리를 보호하소서! 자, 여러분, 집으로 갑시다. 우리

　　　　가 그 사람을 추방했을 때, 그러면 안 되는 거라고 내가 얘기했었

　　　　다니까.

시민 2 우리도 다 그랬었다니까요. 자, 어쨌든, 집으로, 집으로.

　　　　[시민들 퇴장]

브루터스 달갑지 않은 소식인데요.　　　　　　　　　　　　　　　165

씨시니어스 그러게 말이요.

브루터스 의사당으로 가시죠. 이 소식이 거짓말이라면

　　　　내 재산의 반이라도 내놓겠습니다.

씨시니어스　　　　　　　　　　　　아무튼 가 봅시다. [퇴장]

7장

로마 인근의 볼스키 진영

오피디어스가 그의 부관과 함께 등장

오피디어스 여전히 탈주해 오고 있나, 그 로마인한테로?

부관 그 자한테 무슨 마력이 있는 건지 모르겠습니다.

장군님의 병사들에게도 그는 식전의 감사기도요,

식탁의 화재거리, 식후의 인사말이 되었습니다.

5 이번 전쟁에서 장군님은 부하들에게 조차 빛을 잃고

있습니다.

오피디어스 지금으로선 어쩔 수 없는 일이다.

섣불리 계책을 썼다간, 우리 계획에 차질이

생길 테니. 내가 그를 처음 포옹할 때조차

그는 예상했던 것 이상으로 오만했어.

10 허나 그 점이 그의 천성이고, 그건

고칠 수 있는 것이 아니니, 탓할 필요도 없지.

부관 하지만 장군님, 제 생각엔, 그러니까

장군님을 위해선, 그와 함께 지휘하시기보단,

장군님께서 단독으로 하시든지, 아니면

15 그에게 전권을 위임하시든가 했어야—

오피디어스 네 뜻은 잘 안다. 허나 걱정하지 마라.

공과를 결산할 날이 오면, 내가 어떻게

몰아붙일지 그는 상상도 못할 것이다.

비록 지금은 볼스키를 위해 그가 모든 일에

헌신적이며, 용과 같이 싸우고, 검을   20

빼들었다 하면 승리를 쟁취하는 듯이 보이고,

또 그 자신 그렇게 생각하고 있겠지만,

그도 뭔가 빠뜨린 게 있을 것이고, 모든 걸

결산할 땐, 그의 목이 부러지든, 내 목이

꺾이든, 둘 중 하나일 것이다.   25

부관 장군님, 그가 과연 로마를 점령할까요?

오피디어스 공격도 받기 전에 모든 지역이 항복하고

있지 않느냐. 로마의 상류계급도 그의 편이고.

원로원도, 귀족들도 모두 그를 사랑한다.

호민관들은 군인도 아니고, 민중들은   30

경솔하게 추방할 때만큼이나 조급하게

그를 환영하겠지. 그와 로마는

물수리와 물고기, 대자연의 섭리에 따라

물고기를 낚아채지. 먼저 그는 로마의

공신이었다. 하지만 자신의 명예를   35

유지하지 못했지. 그것이 매일같이

찾아오는 행운이 행복한 인간을

눈멀게 한 오만 때문인지, 자신이 차지한

기회를 활용할 줄 모르는 분별력의
결함 때문인지, 아니면 한 가지밖에 모르는
천성 때문에 투구에서 방석으로 옮겨가지
못하고, 전쟁을 지배하듯 엄격하게
평화를 통제하려 한 때문인지는 모르겠으나,
아마도 그 중의 하나―전부는 아니더라도
그런 것들이 모두 조금씩 다 원인이 돼서,
나는 아니지만, 사람들은 그를
두려워하고, 미워한다. 그리고 추방했지.
그도 장점이 있다. 허나 발휘되는 순간
질식하고 마는 장점이지. 그래서 우리의 미덕이란
그 시대의 해석에 달려 있고, 권력도
그 자체로는 지극히 찬양받을만한 것이지만,
자신의 공적을 뽐내는 순간, 무덤 행이다.
불은 불로 꺼지고, 못은 못으로 밀려나며,
권력은 권력에 의해 무너지고, 힘은 힘에 의해 파멸한다.
자, 가자. 카이어스여, 로마가 네 것이 될 때,
너는 가장 비참해지는 거다. 너는 내 것이 될 테니까. [퇴장]

5막

1장

로마. 대중들이 모이는 어떤 곳

메니니어스, 코미니어스, 씨시니어스, 브루터스, 다른 사람들과 함께 등장

메니니어스 아니, 나는 가지 않겠소. 당신들도 듣지 않았소?

한때 그의 사령관이었고, 지극히 그를 사랑했던

코미니어스가 찾아갔는데도 요지부동이라는데 ─

한때 나를 아버지라고까지 했지. 하지만

5　　그게 무슨 소용이요? 그 사람을 쫓아냈던

당신들이나 가보시오. 그의 막사 천 보 앞부터

무릎을 꿇고 엉금엉금 기어가 그의 자비를

빌어보시오. 아, 코미니어스에게조차 막무가내였다면,

나는 집에나 쳐 박혀 있는 게 낫지.

코미니어스 나를 아는 체도 않더군.

10　**메니니어스**　　　　　　　　　저 말 들었소?

코미니어스 그래도 꼭 한 번은 내 이름을 불러주었소.

그래서 함께 피 흘린 전우임을 강조하면서

그와 내가 얼마나 오랜 친구 사이인지를 역설했지.

허나 그는 '코리올레이너스'라는 자기 이름조차

15　　부정하면서, 자기는 존재하지도 않고, 이름도

없으며, 다만 자신은 '로마를 태워 없앨

불'이라는 거였소.

메니니어스   그럴 만하지요. 두 양반들 참 대단한

업적을 이뤘소! 두 호민관이 로마를 불태워

숯 값을 떨어뜨리니 역사에 남을 지어다!

코미니어스 나는 읍소하며, 용서할 수 없는 것을 용서해주는 게   20

진정한 군자의 덕이라고까지 해봤소.

하지만 그는 추방해놓고 애걸하는 것은 국가의

도리가 아니라고 답했소.

메니니어스   지당한 말이요.

그로선 당연한 말 아니오?

코미니어스 나는 용기를 내서, 친구들은 좀 봐달라고   25

부탁해 보았소. 그러자 그 사람은

곰팡내 나는 썩은 왕겨더미 속에서

한두 톨 친구를 가려낼 여유는

없다는 거였소. 한두 톨의 알맹이

때문에 불사르지 않고 썩은 내를 맡으며   30

그냥 살 수는 없다는 거요.

메니니어스   한두 톨의 알맹이?

내가 그 한 톨의 알맹이요. 모친과

처자, 그리고 이 코미니어스도 알맹이 쪽이고.

우린 알맹이요. 당신들은 곰팡이 핀 왕겨고.

그 썩은 내가 달에까지 미칠 지경이지.   35

당신들 때문에 우리까지 타죽게 생겼소.

씨시니어스 제발 좀 진정하세요. 이렇게 도움이
절박할 때에 돕지는 못할망정, 곤경에
처한 우리를 비난한데서야 되겠습니까?

40 그러시지 말고, 의원님이 직접 그를 만나
탄원해 주십시오, 조국을 위해서.
의원님의 능변이라면 그를 돌려세우고도
남을 겁니다, 틀림없이.

메니니어스 아니, 난 싫소. 끼어들지 않겠소.

씨시니어스 제발, 부탁드립니다.

메니니어스 나더러 어쩌란 말이요?

45 **브루터스** 로마를 위해, 마아셔스의 측근으로서
최선을 다해 주십사 하는 거죠.

메니니어스 글쎄, 마아셔스가,
코미니어스에게 했듯이, 내 말을 듣지도
않은 채 나를 돌려보낸다면 어찌하겠소?
냉대나 받고 슬픔에 젖어 빈손으로 돌아온다면
어쩌겠느냐 말이요?

50 **씨시니어스** 어쨌든 로마의
모든 시민들은 의원님의 노고에
감사할 겁니다.

메니니어스 정 그렇담, 한 번 맡아보겠소.
내 말이라면 들을지도 모르지. 하지만

입술을 깨물며 코미니어스의 말에 대꾸도

하지 않았다니 왠지 용기가 안 나는군.   55

만난 시간이 적절치 않았을 지도— 식전이었던 게야.

속이 비면, 피가 차가워지지. 그래서

아침엔 자비도 용서도 쉽지 않고.

허나 우리의 혈관이 술과 음식으로 채워지면,

수도승처럼 굶주렸을 때보다는 마음이   60

훨씬 더 유연해지는 법이지. 그러니

내 청을 들어줄 만큼 배를 채웠을 때

그와 만나보겠소.

브루터스   그의 호의로 통하는 대로를 의원님은

잘 아시니, 길을 잃진 않을 겁니다.

메니니어스   좋소.   65

한번 해보리다. 오래지 않아 성공 여부를

알게 되겠지. [퇴장]

코미니어스   가망 없을 거요.

씨시니어스   없다고요?

코미니어스   그 사람은 지금 황금 옥좌에 앉아 있고,

그의 눈은 로마를 불사를 듯 새빨갛소.

그가 당한 모욕은 그의 자비심을 감금하는   70

간수가 되었고. 나는 무릎을 꿇고 탄원해봤으나,

그는 희미한 소리로 '일어나시오'하고 말하곤,

아무 말 없이 나가버렸소. 그가 하려는 일을

후에 서면으로 알려왔는데, 그의 조건에
75   항복하지 않으면 하고 싶지 않을 짓까지
하겠노라 맹세하였소. 그러니 전혀 가망이 없소.
그의 모친과 부인이 나서주면 혹 모를까.
그래, 듣자니 이 두 분이 직접 그의 자비를
탄원하러 가려는 모양이요. 그분들을
80   찾아가 서둘러 달라고 간청해 봅시다. [퇴장]

2장

볼스키 진영

보초 두 명이 지키는 가운데 메니니어스 등장

보초 1 멈춰라! 어디서 왔느냐?

보초 2   멈춰라, 물러서!

메니니어스 사내답게 보초를 서는군. 아주 좋아. 허나 미안하네만,
    나는 나라일로 코리올레이너스 장군을 만나러
    왔다네.

보초 1   어디에서 왔느냐?

메니니어스   로마에서.

보초 1 들어갈 수 없소. 돌아가시오. 우리 장군님은   5
    로마와는 더 이상 얘기 않는다고 하셨소.

보초 2 당신이 코리올레이너스 장군님과 얘기하기 전에 로마가
    불바다가 되는 걸 보게 될 거요.

메니니어스   여보게들,
    만일 자네들이 자네 장군님이 로마나 그 곳의
    친구들에 대해 얘기하는 것을 들었다면,   10
    내 이름을 알고 있을 걸세. 내가 메니니어스요.

보초 1 그러거나 말거나 돌아가시오. 그런 이름 따윈

여기선 아무 소용없소.

메니니어스   부탁이네, 제발.

자네 장군님은 나와 정말 막역한 사이라네.

15   내가 바로 그 분의 공적을 기록한 사람이야.

내가 알렸다고, 그분의 명성을, 비할 바 없는

것으로, 아마 과장도 좀 있겠지. 왜냐하면,

진실이 거짓이 되지 않는 선에서 최대치로,

내 지인들 중에서도 가장 으뜸인 그분의

20   업적을 밝혀왔으니까. 아니, 때로는

미끄러운 바닥에서 볼링공을 너무 세게 굴려

목표물을 지나칠 때처럼, 그에 대한

나의 칭찬이 지나쳐 거짓말로

낙인찍힐 뻔한 적도 있었지. 허니 이보게,

25   날 좀 들여보내주게.

보초 1 영감님, 비록 영감님 자신을 위해 거짓말을 한 만큼 많이 우리 장
군님을 위해 거짓말을 했다고 해도, 들어갈 수 없어요. 거짓말을
하는 것이 정직하게 사는 것만큼 올바른 일이라고 해도 안 된다
고요. 그러니 돌아가세요.

30   **메니니어스** 제발 기억해주게, 내 이름이 메니니어스라고 하네, 언제나
자네 장군님 편에 섰던 사람이라고.

보초 2 댁이 주장하듯, 아무리 댁이 우리 장군님을 위해 거짓말을 해온
사람이었다고 해도, 나는 장군님 밑에서 진실만을 말해야 하는
사람으로서 말하는데, 들어올 수 없소! 그러니 돌아가시오.

메니니어스 그럼 그분이 식사를 하셨는지 알 수 있겠나? 식사를 마치실 35
때까지는 그분과 얘기하고 싶지 않아서.

보초 1 로마인이요, 영감님?

메니니어스 로마인이요, 당신의 장군님처럼.

보초 1 그럼 로마인을 증오하시오, 우리 장군님처럼. 당신들은 로마의
수호신을 성문 밖으로 내쫓지 않았소. 난폭하고 무지한 민중들 40
맘대로 로마의 방패를 적에게 내주지 않았느냐 말이요. 그러고도
노파의 값싼 신음소리나, 당신네 딸들의 순진한 애원, 또는 당신
처럼 노쇠한 늙은이의 풍에 걸린 중재가 우리 장군님의 복수를
막을 수 있을 거 같소? 로마를 불바다로 만들어버리려고 준비한
그 불덩이를 이처럼 허약한 입김으로 끌 수 있겠소? 아니, 잘못 45
생각한 거요. 그러니 로마로 돌아가세요. 그리고 죽을 준비나 해
두세요. 사형선고는 이미 내려졌으니까. 우리 장군님은 맹세했어
요, 당신들한테 유예도 용서도 해주지 않기로.

메니니어스 이런, 만일 당신네 대장이 내가 여기에 와있다는 것을 안다
면, 나를 아주 정중하게 예우할 걸세. 50

보초 1 아, 우리 대장님은 당신을 모른다니까.

메니니어스 난 지금 당신 장군님 얘기를 하고 있네!

보초 1 우리 장군님은 당신한테 관심 없다니까요. 돌아가시오, 가. 당신
피를 반 사발쯤 쏟아내기 전에. 돌아가, 그만하면 됐으니까, 돌아
가란 말이오! 55

메니니어스 아니, 이보시게, 이보시게 ―

코리올레이너스가 오피디어스와 함께 등장한다.

코리올레이너스 무슨 일이냐?

메니니어스 야, 이 못된 놈아, 이제 내가 한 마디 해주마. 내가 정중하게
예우 받아 마땅한 사람이란 걸 이제 알게 될게다. 너 같은 무뢰한
이 내가 내 아들 같은 코리올레이너스 장군을 못 만나게 할 수 없
다는 것을 깨닫게 해주고말고. 내가 저분한테 환대받는 것을 보
고 판단해봐라, 네 놈이 교수형을 당하게 될지, 아니면 더 오래
구경거리가 되다가 더욱 잔혹하게 고통을 받다가 죽게 될지 말이
다. 자, 봐라, 그리고 네 놈한테 닥칠 일을 생각하면 기절초풍할
거다. [코리올레이너스에게] 영광스러운 신들께도 시시각각 장군의
번영을 위해 머리를 모으시고, 장군의 노부 메니니어스 못지않게
장군을 사랑하시길! 오, 내 아들, 내 아들 같은 우리 장군, 당신은
우리를 불태워 죽일 작정이지만, 보시오, 여기 그 불을 끌 물[29]이
있소. 여기 정말 오고 싶지 않았지만, 나 말고는 당신을 설득할
사람이 없는 것이 분명하기에, 시민들의 한숨을 타고 성문 밖으
로 날아왔소, 로마와 애원하고 있는 동포들을 용서하라고 당신을
설득하기 위해 말이요. 선한 신들께서 당신의 분노를 누그러뜨리
고, 그 앙금은, 내가 당신과 만나는 것을 담벼락처럼 막아선 저
무뢰한한테 넘겨주시길!

코리올레이너스 물러가세요!

메니니어스 뭐! 물러가라고?

---

29. 메니니어스의 눈물을 의미한다.

코리올레이너스 나는 아내도, 어머니도, 내 자식도 모르는

사람입니다. 나는 지금 다른 사람들을 위해

일합니다. 복수를 하고 안하고는 제 일입니다만,

용서를 하고 안하고는 볼스키인들에게 달렸습니다.   80

예전엔 친구였으나, 배신의 기억은

연민이 아니라 증오만을 일깨웁니다.

그러니 가십시오. 로마의 성문은

내 군대에 의해 뚫리겠지만, 내 귀는

당신의 탄원에 뚫리지 않습니다.   85

그래도 옛정을 봐서 이것을 썼으니

가져가십시오. [편지를 준다.] 한마디만 더, 메니니어스.

당신의 말을 난 다신 듣지 않을 것이오.

이분은, 오피디어스, 로마에서 내가 사랑했던

분이오. 하지만 당신이 보는 바와 같소.   90

코리올레이너스와 오피디어스 퇴장. 보초와 메니니어스는 남는다.

보초 1 어이쿠, 영감님, 존함이 메니니어스라고요?

보초 2 그 이름 참 엄청나게 세데요. 자, 이제 집으로 돌아가시는 길은

아시죠?

보초 1 영감님처럼 지체 높으신 분 돌려보내느라 우리가 어떻게 혼나는

지 잘 들으셨죠?   95

보초 2 도대체 어떤 이유에서 제가 기절초풍할 거란 말씀이십니까?

메니니어스 이 세상도, 너희 장군님도 이제 내 안중 밖이다. 그러니 너희

같은 하찮은 놈들이야 있거나 말거나 신경도 안 쓴다. 스스로 죽
고자 하는 사람이 남의 손에 죽는 게 두렵겠느냐. 너희 장군님한
100   테 무슨 짓이든 맘대로 하라고 해. 너희 놈들, 그렇게 오래 살아
라. 오래 살면 살수록 비참해질 테니! 네 놈들이 말한 그대로 돌
려주마, 썩 꺼져버려! [퇴장]

보초 1 참 대단한 양반일세, 정말로.

보초 2 진짜 대단한 양반은 우리 장군님이지. 그분은 바위고, 참나무야,
105   태풍에도 끄떡 않는. [퇴장]

3장

볼스키 진영

앞 장면에서의 코리올레이너스와 메니니어스 쪽과 오피디어스 쪽의 조명
이 아웃되면서, 무대 중앙에서 코리올레이너스와 오피디어스가 만난다.

코리올레이너스 내일은 로마의 성벽 앞에 진을 칩시다.

이번 전쟁에선 내 동료로서, 볼스키 귀족들에게

이번 임무를 내가 얼마나 공명정대하게 수행했는지

분명하게 보고해주시오.

오피디어스　　　　　　장군은 볼스키의

목표만을 명심하면서, 로마의 탄원엔　　　　　　　　　　　5

단 한마디의 사담도 허락지 않으셨소.

심지어 확신을 갖고서 찾아왔을

옛 친구들한테도.

코리올레이너스　　　조금 전 가슴이 쪼개지는 심정으로

돌려 보낸 그 노인은 친아버지 이상으로

나를 사랑해주셨던 분이오. 아니, 나를 신처럼　　　　　10

떠받들어 주셨지. 그분을 보낸 것은

그들의 마지막 수단이었을 거요. 냉정하게

대하기는 했으나, 옛정을 생각해

최초의 조건을 제시했소. 그들이 거부했었고,

지금도 수용할 수 없는 것이지만, 그분의
위신을 세워드리려 그렇게 한 것이고,
양보한 내용은 거의 없소. 앞으로도
로마정부의 사절이건 친구건 결코 귀를
기울이지 않겠소. [안에서 고함소리] 헛! 이건 무슨 소리지?

맹세를 함과 동시에 그 맹세를 깨뜨리도록
유혹 받는 건가? 아니, 안 된다.

볼럼니아, 버질리어, 발레리아, 그리고 어린 마아셔스, 상복 차림으로
시종들과 함께 등장

아내가 제일 앞에 오는구나. 그 뒤에
이 몸을 탄생시킨 존귀한 틀인 어머니,
그분 손에 그분의 피를 이어받은 손자가.

하지만 없어져라 애정아! 대자연의
모든 인연과 특권도 끊어져라! 냉정함이
미덕이 되어라! 저런 예법[30]이 무슨 소용이
있단 말이냐? 신들마저 맹세를 저버리게 한다는
비둘기의 눈망울도! 내 마음도 녹아버린다면,

내가 어찌 남들보다 강하다 할 것인가.
어머니는 마치 올림푸스 산이 두더지 흙둑에 애원하며
조아리듯, 허리를 굽히신다. 내 어린 아들은
대자연이 '거부하지 마라'고 외치듯이 탄원의

---

30. 버질리아 일행이 코리올레이너스에게 취하고 있는 인사하는 예법의 행동을 뜻함.

표정을 짓고 있다. 볼스키가 로마를
갈아 업고, 전 이태리를 써레질로 헤집어
버리게 하자. 다시는 본능에 굴복하는
바보가 되지는 않을 것이다. 마치 혼자
태어나고 어떤 혈육도 없는 것처럼
버텨낼 것이다.

버질리아　　　　　아, 여보! 저희 좀 보세요!

코리올레이너스　이 눈은 로마에 있던 나의 눈이 아니요. 40

버질리아　슬픔이 저희들 모습을 변하게 해
그리 생각하시는 걸 거예요.

코리올레이너스　　　　　　멍청한 배우처럼
대사를 잊어버리고 당황하는 꼴이라니!
내 최상의 일부분인 부인, 내 가혹한 태도를
용서하시오. 허나 그렇다고 로마인을 용서하라는 45
말만은 마시오. 아, 키스를! 추방당한 후로
너무 그리웠소. 복수만큼이나 달콤한 키스를!
질투의 여신께 맹세코, 당신과
키스하고 헤어진 후로 내 입술은 언제나
순결했소. 이런! 죄송합니다. 세상 무엇보다 50
존귀하신 어머님께 먼저 인사를 올렸어야
했는데. 무릎아 땅만큼 낮아져라. [무릎을 꿇는다.]
이 대지에 다른 아들들보다 훨씬 큰 존경의
자국을 새기겠습니다.

볼럼니아　　　　　　　오, 일어나 축복을

55　　　　받아라! 이 돌투성이 흙바닥을 방석 삼아

　　　　내가 무릎을 꿇으마. 부적절해 보이나,

　　　　그동안 어미와 자식 사이가 그리

　　　　보이지 않았느냐. [무릎을 꿇는다.]

코리올레이너스　　　왜 이러십니까?

　　　　어머님이 저한테 무릎을 꿇으시다니요?

60　　　　어머님한테 늘 혼이 나던 아들에게요.

　　　　차라리 물가의 자갈이 하늘의 별을

　　　　때리고, 사나운 바람에 나뭇가지들이

　　　　태양을 매질하라 하십시오. 가능하지

　　　　않은 것이 없고, 있을 수 없는 일도

　　　　일상이 되게 하십시오.

65　**볼럼니아**　　　　　　　너는 나의 전사다.

　　　　내가 너를 만들었지. 이 부인을 알겠니?

코리올레이너스　퍼블리콜라의 훌륭한 누이, 로마의 달님,

　　　　순결한 눈에서 태어난 서리에 의해

　　　　얼음이 되어 다이애나 신전에 매달린

70　　　　고드름처럼 순결한 분, 친애하는 발레리아 부인!

볼럼니아 [어린 마아셔스를 보여주며]

　　　　이 아이는 너의 가엾은 축소판이지. 시간이 차면

　　　　너 못지않게 될 아이다.

코리올레이너스　　　군인들의 신께서,

지존 조우브 신의 허락 하에 네 정신 속에
고결함을 불어넣어 불사의 용사마저
부끄럽게 하시고, 전장에선 모든 폭풍우마저 75
견뎌내며 바라보는 이들을 구원해주는
등대처럼 우뚝 서게 하시옵소서!

볼럼니아   무릎을 꿇어라, 아가야.

코리올레이너스 녀석, 영특하구나!

볼럼니아 네 아들과, 처, 그리고 이 어미,
너한테 청이 있어 왔다.

코리올레이너스   제발, 아무 말씀 말아 주십시오! 80
정 하시겠다면, 이것만은 기억해 주시고요.
제가 절대 않겠다고 이미 맹세한 것이 있습니다.
그것만은 거절당하는 거라 생각지 마십시오.
군대를 해산하라거나 로마의 쟁이들과
타협하라고는 마십시오. 천륜을 모르는 놈이 85
아닙니다. 허나 제 분노와 복수심을
어머님의 냉정한 이성으로 가라앉힐
생각은 마십시오.

볼럼니아   아, 그만해라, 그만!
아무것도 허락하지 않겠다는 소리구나.
네가 이미 거절한 것 말고는 청할 게 90
아무 것도 없으니 말이다. 하지만
그래도 어미는 청할 수밖에 없다.

거절해라. 그러나 먼저 들어라.

코리올레이너스 오피디어스, 그리고 볼스키 여러분,

95　　　　　같이 들읍시다. 로마로 부터의 어떤 얘기도

사적으로 듣지 않을 것이오. [앉는다.] 자, 말씀해 보시죠.

볼럼니아 우리가 말하지 않더라도, 이 누더기와

수척한 모습을 보면, 네가 추방당한 뒤

우리 생활이 어떠했는지 짐작할 수 있을게다.

100　　　이렇게 찾아온 우리만큼 불행한

여인들이 또 있겠니? 만나면 기쁨의

눈물을 흘리고 가슴이 벅차올라

춤이라도 춰야 하련만, 지금의 너는

어미와 처와 자식에게, 자식이요 남편이며 아비가

105　　　조국의 창자를 갈기갈기 찢는 꼴을

보이며, 공포와 슬픔으로 떨게 하는구나.

우리에겐 네가 적이 되는 것보다 더 한

고통은 없다. 우린 위로받기 위해 신들께

기도조차 할 수 없단다. 어떻게 우리가, 아, 아!

110　　　어떻게 우리가 기도할 수 있겠니? 너의 승리를

위해 기도하겠니? 로마를 위해 기도하겠니?

아, 로마와 너, 누가 이기든 우린

처참한 재앙을 면치 못한다.

네가 반역자로 틀에 묶인 채 거리를

115　　　질질 끌려 다니던가, 아니면 네가 폐허가 된

조국을 짓밟으며, 부녀자와 아이들의
피로 물든 승리의 깃발을 휘날릴 테니까.
아들아! 이 전쟁이 끝날 때까지 어미는
기다릴 수 없단다. 아들아, 모두가
파멸로 치닫는 대신 서로 명예로운 관용을   120
베풀어야 한다. 그렇지 못해, 네가 조국을 짓밟는다면,
그것은─네가 그럴 리 없다고 믿는다만─
그것은 너를 나아준 이 어미의 자궁을
짓밟는 짓이다.

버질리아   그래요, 그리고 제 자궁도요.
당신 이름을 세상에 남겨줄 이 아이를 낳은   125
제 자궁도 짓밟으시는 겁니다.

어린 마아셔스   전 밟히지 않을 거예요.
달아났다가, 더 크면 싸울래요.

코리올레이너스 여인의 나약한 맘을 갖지 않으려면,
아이나 여인의 얼굴조차 보지 말아야 한다.
너무 오래 앉아 있었습니다. [일어선다.]   130

볼럼니아 안 된다. 이렇게는 못 간다.
로마인을 살려달라는 것이 네가 지금
함께하고 있는 볼스키인들을 파멸시키는 거라면
네 명예를 해치는 거겠지만, 나는 다만
네가 양측을 화해시켜, 볼스키인은 '우리가   135
자비를 베풀었다,' 로마인은 '우리가

자비를 얻었다'라고 말하며, 모두가 네게
만세를 부르며, '신의 은총이 평화의 은인에게!'
라고 외쳐주길 원하는 거란다. 아들아,
전쟁의 결과란 아무도 모르는 거지만,
이것만은 분명하다. 네가 만일 로마를
점령하는 날엔, 그 수확이란 네 이름이
오르내릴 때마다 맛보게 될 저주뿐이라는 거다.
그리고 네 전기엔 이렇게 기록되겠지.
'훌륭한 인물이었으나 마지막에 잘못하여
스스로 명예를 더럽히고 조국을
파멸시키니, 결국 그의 이름은
혐오의 대상으로 길이 남게 되도다'라고.
말해 보거라, 아들아. 너는 항상 명예를
존중하고, 신의 성품마저 본 따려 애써왔다.
허나 신은 뇌성으로 하늘의 뺨은 찢더라도,
번개로는 겨우 떡갈나무 하나 쪼갤 뿐 아니니?
왜 말이 없니? 고귀한 사람이 과거에 당한
수모만을 기억하는 게 명예로운 일이라
생각하니? 얘야, 네가 말해 보거라.
네가 그렇게 울고 있는데도, 네 남편은
아랑곳 않는구나. 마아셔스야, 그럼, 네가 좀 해보렴.
어린 입으로 부탁하면, 차마 거절은 못하겠지.
네 애비만큼 어미 신세를 진 사람도 없으련만,

형틀에 매인 죄인처럼 애원만 하게 하는구나.   160
너는 평생 이 어미에게 효도 한 번 한 적 없다.
불쌍한 암탉처럼 이 어미는 두 번째 병아리는
품어볼 생각도 못하고 너를 쪼아서
전쟁터로 내몰곤 명예를 잔뜩 짊어지고
무사귀환 하기만을 바랐는데 말이다.   165
내 말이 틀렸니? 그럼 나를 돌려보내려무나.
허나 내 말이 맞다면, 너는 명예롭지 않기에,
신께서 벌하실 거다, 어미에게 해야 할
도리를 다하지 않았으니까. 외면하니?
자, 그럼 우리 모두 무릎을 꿇자.   170
우리의 무릎이 저 애를 부끄럽게 하자.
우리의 애원에 대한 연민보다는
코리올레이너스란 칭호에 대한 자부심이 큰 게지.
자, 무릎을 꿇자! 끝장을 보자꾸나.

[네 사람 무릎을 꿇는다.]

이게 마지막이다. 그러니? 그럼 우리,   175
로마로 돌아가서 동포들과 함께 죽자.
아니, 얠 좀 봐라. 이 아이는 뭘 원하는지도
모르면서 무릎을 꿇고 두 손을 들어
빌고 있지 않니? 그걸 네가 모른 채
할 수 있단 말이냐? 아, 그만 가자.   180

[모두 일어선다.]

이 녀석은 볼스키인이 어미고, 코리올라이에

다른 아내가 있고, 자식은 어디서

주워 왔나보다. 자, 마지막 작별인사나 해다오.

어미는 아무 할 말이 없지만, 로마가

불바다가 되면, 그 때가서 저주는 몇 마디 해주마.

코리올레이너스 [말없이 그녀의 손을 잡으며]

아, 어머니, 어머니!

어머님께서 무슨 일을 하신 건지 아세요?

하늘이 열리고, 신들이 내려 보며,

이 부자연스런 장면을 조소할 겁니다.

오, 어머니, 어머니! 오! 어머닌 로마를 위한

승리를 얻으셨습니다. 하지만, 어머니 아들에겐,

오, 정말이지, 너무나 위험한 상황에

어머니 아들을 몰아넣으신 겁니다.

그것만은 알아두십시오. 하지만 뭐 어쩌겠습니까.

올 테면 오라죠. 오피디어스, 약속한

전쟁을 계속 하진 못하게 되었네.

허나 유리한 평화협정을 맺겠네. 오피디어스,

자네가 내 입장이라면 어떻겠나? 어머니에게

이보다 못한 대답을 드릴 수 있겠나?

오피디어스 나 역시 크게 감동했소.

코리올레이너스 분명 그랬을 거요.

내 눈에서 자비의 눈물이 나오다니!

185

190

195

200

장군, 어떤 평화 협정을 원하는지 말씀해주시오.

나는 로마가 아니라, 당신과 함께 돌아가겠소.

그리고 부탁이니, 이 문제에 있어선,

날 좀 지지해주시오. 오, 어머니! 부인! [한쪽으로 가서 그들과 얘기한다.]   205

오피디어스 [방백] 네놈의 자비심과 명예심이 다투다니

참 고마운 일이다. 이것을 계기로

이전의 행운을 되찾아야겠어.

코리올레이너스 [볼럼니아와 버질리아와 함께 앞으로 나오면서]

예, 머지않아서 ―

허나 여기서 우선 축배를 드시죠.

구두 협약이 아니라, 쌍방이 서명할   210

합의문을 갖고 돌아가시게 하겠습니다.

두 분은 신전이라도 지워드려야 할만한

큰일을 하신 겁니다. 이탈리아의 모든 칼과

모든 동맹국의 무기도 이 평화협정을

얻어낼 수는 없었을 테니까요. [일동 퇴장]   215

4장

로마. 대중들이 모이는 어떤 곳

메니니어스와 씨시니어스 등장

메니니어스 저 건너 의사당 모퉁이의 돌이 보이시오, 저거?

씨시니어스 그게 뭐 어떻단 말씀이오?

메니니어스 당신이 저 돌을 당신 손가락으로 밀어 낼 수 있다면, 부인들
이, 특히 그 모친이 그를 설득했을 가능성이 있는 거지만, 물론
5   그럴 가능성은 전혀 없지. 우리 목이 떨어지도록 선고는 내려진
셈이고, 처형을 기다리는 일만 남았소.

씨시니어스 아니 그토록 짧은 시간에 사람이 그토록 철저히 변할 수 있
는 겁니까?

메니니어스 애벌레와 나비 사이에는 차이가 있는 법이오. 그러나 당신의
10   나비는 원래 애벌레였지. 이 마아셔스는 인간으로 태어나서 용이
된 사람이요. 이젠 날개까지 가졌지. 그 사람은 더 이상 땅 위를
기어 다니는 존재가 아니란 말이오.

씨시니어스 자기 모친을 그렇게 사랑하더니.

메니니어스 그 사람은 나도 사랑했었소. 허나 이제 자기 모친도 여덟 살
15   먹은 말만큼도 기억해주지 않을 거요. 잔뜩 인상 쓴 그의 얼굴은 신
포도보다 더 실 지경이고. 지금 그 사람이 걸음을 옮기면, 그 분

노한 발걸음이 파성(坡城)추같이 땅을 울려, 대지마저 두려움에
움츠릴 판이요. 그의 눈매는 갑옷도 뚫을 듯하고, 그의 음성은 죽
음을 알리는 조종, 신음소리마저 대포소리 같고, 그의 자태는 딱
알렉산더 대왕이요. 아, 그가 명령하는 것은 이미 이뤄진 것과 같 20
으니 흡사 그는 신과도 같소. 하늘에 그의 옥좌가 없어서 그렇지.

씨시니어스 그럼 자비도 없겠군요, 의원님 말이 사실이라면.

메니니어스 있는 그대로 말한 거요. 그의 모친이 그 사람으로부터 어떤
자비를 받아오는 지 잘 보시오. 수범에게 젖이 없듯이 그에게 자
비란 없으니까. 이것이 우리 로마가 처한 현실이오. 그리고 이 모 25
두가 당신들 덕분이란 말이오.

씨시니어스 신들이시어, 우리를 굽어 살피소서!

메니니어스 신들께서 우릴 도와주실 리 없지. 그 사람을 추방할 때, 우리
가 신들을 생각했었소? 그가 돌아와 우리 목을 부러뜨리려 할 때,
신들도 우리를 생각지 않을 게요. 30

전령 등장

전령 목숨을 구하시려거든, 어서 댁으로 피하십시오.
민중들이 동료 호민관민을 붙잡아 이리저리
끌고 다니며, 사자로 간 부인들이 희소식이라도
가져오지 않는다면, 그분을 말려 죽이겠다고
으르렁대고 있습니다.

또 다른 전령 등장

35 **씨시니어스**   또 무슨 소식이냐?

전령 2 희소식입니다, 희소식이요! 부인들께서 성공하시여,

볼스키군들이 포위망을 풀고 마아셔스는 퇴각했습니다.

로마에 더한 경사는 없었던 바, 폭군 타퀸의

축출도 이보다 기쁘지 않았습니다.

씨시니어스   친구여,

40 이게 분명 사실인가? 사실이야?

전령 2 태양이 불덩어리인 것만큼 분명한 사실입니다.

여태껏 어디에 숨어 계셨기에 이걸 의심하십니까?

조수가 수문을 빠져나가듯, 생기를

되찾은 시민들이 성문으로 쏟아져

45 나오고 있습니다. 자, 들어보십시오!

트럼펫, 오보에, 북소리가 한꺼번에 뒤범벅이 되어 들린다.

트럼펫, 나팔, 깽깽이, 피리, 소고와 심벌즈,

로마시민들의 함성소리가 태양마저 춤추게

하고 있습니다. 들어보십시오.

안에서 고함소리

메니니어스   이거야말로 희소식이구나!

부인들을 만나러 가야겠어. 볼럼니아

50 부인이야말로 집정관, 원로원, 귀족,

아니 도시 전체를 다 합친 것만큼 가치 있는 분이지.

당신 같은 호민관들은 바다와 육지를

꽉 채운다 해도 어림없지만. 당신들 오늘은

기도를 아주 잘 하셨나보군. 오늘 아침엔

당신네 같은 사람 일만 개 목가지가   55

동전 한 닢 가치도 없소이다.

자, 들어보시오, 저들이 얼마나 기뻐하는지.

고함소리, 트럼펫 소리 등등이 더 크게 들린다.

씨시니어스 신들이여, 우선 이 소식을 전해준 이를 축복하시고,

그 다음으로 제 감사를 가납하소서!

전령 2   호민관님,

모든 사람들이 다 감사해야죠.

씨시니어스   그분들이 벌써 시 가까이 온 모양이구나? 60

전령 2 막 성문을 들어서고 계십니다.

씨시니어스   그분들을 맞으러 가자.

그리고 함께 기뻐하자. [퇴장]

5장

5막 4장과 같은 곳

두 명의 원로원 의원, 볼럼니아, 버질리아가 다른 귀족들과 함께 무대를
지나간다.

의원 1 보시오, 우리의 은인, 로마의 생명을 구한 분들이요!
부족들을 모두 불러 모으고, 신들을 찬양하며,
승리의 불꽃을 피워 올립시다. 저분들의
발 앞에 꽃을 뿌립시다. 마아셔스를 추방했던
아우성보다 더 큰 환호성으로 그의 어머니를
환영함으로써 그 추방을 취소합시다. 외칩시다,
'환영합니다, 부인들, 환영합니다!'
일동   환영합니다,
부인들, 환영합니다!

행진하며 지나간다. 북 소리, 트럼펫 소리 요란하게 울린다. 퇴장

6장

코리올라이. 대중들이 모이는 어떤 곳

오피디어스, 시종들과 함께 등장

오피디어스 귀족들에게 내가 여기에 와있다고 알려라.

그리고 이 서면을 그분들께 전하고,

읽어 보신 후, 광장으로 모이시라고 여쭈어라.

거기서 나는 그 서면의 내용이 사실임을

모든 볼스키인들에게 증언하겠다. 내가 탄핵하려는 그자는   5

지금 성문 안에 들어와 있을 게다. 민중들

앞에서 자신을 변명할 궁리를

하고 있겠지. 자, 어서 가라. [시종들 퇴장]

오피디어스 일파의 3, 4명의 공모자 등장

어서 와라.

공모자 1 장군님, 어떻게 지내셨습니까?

오피디어스   자신이 베푼

자선이 독이 되어, 그 자비 때문에   10

목숨을 잃을 지경이요.

공모자 2   경애하는 장군님,

전에 명하셨던 그 일 때문이라면,
장군님의 큰 짐 저희가 덜어
드리겠습니다.

오피디어스　　　　　일단은 지켜보세. 민중의
동향을 보고서 결정해야 할 테니까.

공모자 3　민중의 동향은 두 분의 승부가
나지 않는 한 유동적일 것입니다.
그러나 어느 한쪽이 패하면, 다른 한쪽이
모든 걸 차지하겠죠.

오피디어스　　　　　　알고 있네. 그래서
놈을 때려잡을 그럴 듯한 구실을
궁리 중이야. 놈한테 지휘관의 자리도 주고,
놈의 진실성을 보증하기 위해 내 명예를
걸기도 했네만, 놈은 자신의 새 나무들에
아첨의 이슬을 뿌려, 내 측근들마저
자기편으로 만들었지. 거칠고, 주체할 수 없고,
제멋대로인 자기 천성을 숨기면서 말이야.

공모자 3　그자의 오만방자함은 자신의 집정관
자리까지 잡아먹지 않았습니까?

오피디어스　　　　　　　　내 말이
그 말이네. 그렇게 쫓겨나 날 찾아와선,
내 칼끝에 목을 내밀었지. 그런 놈을
거둬주고, 모든 걸 다 해주었어. 내 부대 중,

최정예 병사를 선발해 놈의 계획을
성취하도록 해줬고, 나 자신도 그의 계획을 위해
헌신했네. 그 놈이 독차지한 그 명성,
내가 도와준 거야. 자랑스럽게 여기면서.　　　　　　35
헌데 놈은 나를 동료가 아닌 부하 다루 듯하고,
요즘은 아예 보호자 같은 표정을 하고
고용인 대하듯 날 대한다네.

공모자 1　　　　　　　　　정말 그렇습니다, 장군님.
군 전체도 그렇게 생각하고 놀라고
있습니다. 게다가 마지막엔, 로마　　　　　　　　40
정복을 목전에 두고—

오피디어스　　　　　　바로 그 점일세.
그 점을 빌미삼아 놈을 때려잡자는 거지.
거짓말처럼 값싼 여자들의 눈물 몇 방울에
우리 위대한 군의 피와 땀을 팔아먹다니!
그놈은 죽어 마땅하네. 또 그놈이 죽어야　　　　　　45
내가 살고. 잠깐, 저 소리는?

　　　　북소리와 트럼펫 소리. 사람들의 커다란 환호소리 들린다.

공모자 1　장군님이 돌아오실 땐 마치 전령의 귀향인양,
환영인파가 아무도 없었습니다. 그런데
저자는 천지를 쪼갤 듯한 환호성을
들으며 개선하고 있다니요.

공모자 2   착하기

50

짝이 없는 바보들이지. 자기 자식들이 누구 손에

구더기 밥이 됐는데, 저렇게 목이 터져라

환영을 하는 거야.

공모자 3   그러니, 놈이 입을 열고

사람들 마음을 움직이기 전에, 칼 맛을

55

보여주셔야 합니다. 저희들이 뒤따르겠습니다.

그자가 쓰러지면 장군님 마음대로

그자의 얘기를 하시는 겁니다.

그자의 명분도 육신과 함께 땅에

묻히는 것이죠.

오피디어스   자, 조용!

60

저기 귀족들이 오네.

                        귀족들 등장

귀족 일동 정말 수고 많으셨소, 환영하오!

오피디어스   제가 뭐 한 일이 있습니까.

헌데, 제 서신을 면밀히 검토해

보셨습니까?

귀족 일동   했네.

귀족 1   매우 유감스럽게 생각하네.

다른 사소한 과오야 별거 아니네만,

65

본격적인 전투를 시작해야 할 마당에,

오히려 전투를 끝내다니. 로마가
항복하기 직전에 평화조약을 체결했다는 것은
변명의 여지가 없는 일이네.

오피디어스 그자가 오고 있습니다. 한번 들어보시죠.

코리올레이너스, 고수 및 기수들과 함께 행진하며 등장. 민중들도 그의
뒤를 따르고 있다.

코리올레이너스 안녕하십니까, 여러분!　　　　　　　　70
출전할 때와 마찬가지로 여러분의 병사로서
귀환했습니다. 조국의 사랑에 감염되지도 않았고,
여전히 여러분의 명령을 받들고 있는
여러분의 병사입니다. 여러분께서 잘 아시다시피,
저는 성공적으로 전투를 전개한 바,　　　　　　　75
유혈이 낭자한 가운데 로마의 성문 앞까지
진격했고, 그 사이 막대한 전리품도
얻었습니다. 전비의 삼분의 일 이상이
충당될 것입니다. 우리는 평화조약을
맺었습니다. 이 조약은 앤티엄의 여러분에게는　　80
명예로우나, 로마인들에겐 치욕스런 조건들을
달고 있습니다. 로마의 집정관과 귀족들이
서명하고, 원로원에서 날인했으며, 우리가
동의한 것입니다.

오피디어스 　　　　그것을 읽지 마십시오, 귀족 여러분.

85 저자는 지금껏 여러분의 권력을

남용해온 극악무도한 반역자 입니다.

코리올레이너스 반역자? 어떻게!

오피디어스   그래, 이 반역자, 마아셔스야!

코리올레이너스   마아셔스!

오피디어스 그래, 마아셔스, 카이어스 마아셔스! 네 놈이

코리올라이에서 강탈해간 코리올레이너스란 칭호를

90 내가 네놈한테 붙여줄 거라 생각했더냐?

국가의 머리 되시는 귀족 여러분, 저놈은

간악하게도 여러분이 맡기신 소임을

저버리고, 소금물 몇 방울에 '여러분의

로마'를, 예, '여러분의 로마'요, 그걸 자기 어미와

95 처에게 넘겨주었습니다. 썩은 명주실처럼,

맹세와 결심을 끊고, 한마디 상의도 없이,

제 어미의 눈물바람에 울고불고 난리치다,

여러분의 승리를 날려 버린 것입니다.

그 부끄러운 짓거리 때문에 몸종마저

100 얼굴을 붉히고 병사들은 황당해

어쩔 줄 몰라 했습니다.

코리올레이너스   군신 마르스여, 들으셨습니까?

오피디어스 신의 이름을 들먹이지 마라. 이 울보 애송이야.

코리올레이너스   하!

오피디어스   울보 애송아!

코리올레이너스 이 끝 모를 거짓말쟁이 놈아! 네가 내 가슴을

터지게 하는구나! 애송이! 오, 이 노예 같은 놈!

용서하십시오, 귀족 여러분. 이런 욕지거리를 내뱉게   105

된 것은 처음 있는 일이라. 생각해 보시면,

이 개 같은 놈이 거짓말을 하고 있다는 거 잘 아실

겁니다. 내게 입은 채찍자국들을 무덤까지

지고 갈 저 녀석은 자기가 거짓말쟁이라는 걸

자인하지 않을 수 없을 겁니다.

귀족 1 두 분 다 진정하시고, 내말을 들으시오   110

코리올레이너스 볼스키인들이여, 나를 산산이 난도질하고,

당신들의 칼날을 내 피로 얼룩지게 하시오.

애송이라고! 이 잡종 사냥개 같은 놈!

비둘기 우리 속에 뛰어든 독수리처럼,

코리올라이에서 당신들 볼스키인들을 혼비백산케   115

한 것이 바로 나였소. 나 혼자 그렇게 했던

것이요. 뭐, 애송이!

오피디어스 어쩌다 운이 좋아 얻었던 승리,

여러분에게 치욕인 그 승리를 불경스럽게

허풍떨며 여러분의 면전에서 지껄이도록

내버려 두시겠습니까?

공모자 일동 그 놈을 죽여라!   120

군중 일동 갈기갈기 찢어 죽여라! 당장 처형하라! 저놈이 내 아들을 죽였

어! 내 딸을 죽였어! 내 사촌 마커스를 죽였다! 내 아버지를 죽였어!

귀족 2 조용하시오! 난동 부리지 마시오! 진정해요!

　　　　저 사람은 그래도 고결한 사람이요.

125　　　　그의 명성은 천지사방에 자자하오.

　　　　그가 최근 우리에게 저지른 과오에 대해선

　　　　합법적인 재판을 받게 될 거요. 진정하시오,

　　　　오피디어스 장군. 안정을 해쳐선 안돼요.

코리올레이너스　　　　　　　　　　아, 내 정의로운 검으로

　　　　여섯 명의 오피디어스, 아니 그의 일족

　　　　전체를 처단했으면 좋겠구나.

130　**오피디어스**　　　　　　　건방진 놈!

공모자 일동　저놈을 죽여라, 죽여라, 죽여라, 죽여라, 죽여라!

　　　　공모자들 칼을 빼 코리올레이너스를 죽인다. 코리올레이너스 쓰러진다.
　　　　오피디어스 그를 밟고 선다.

귀족들　멈추시오, 멈춰요, 멈춰!

오피디어스　귀족 여러분, 제 말을 들어주십시오.

귀족 1　　　　　　　　　　　　오, 오피디어스!

귀족 2　끔찍한 일을 저질렀소. 용기 있는 자라면 울어줄 거요.

135　**귀족 3**　발을 치우시오.[31] 여러분 모두 조용히!

　　　　칼을 거둬요!

오피디어스　귀족 여러분, 이자가 살면서 여러분께 끼친

　　　　위험을 아신다면, ─지금은 이자로 인한 격정에 사로 잡혀

---

31. 코리올레이너스의 시신을 밟고 있는 오피디어스에게 하는 말이다.

그러지 못하시겠지만―이놈이 제거된 것을

기뻐하실 것입니다. 부디 저를 원로원에 140

소환해 주십시오. 저의 충심을 입증하겠습니다.

그렇지 못하다면, 여러분의 가장 가혹한

처벌도 달게 받겠습니다.

귀족 1   시신을 옮기고

고인을 애도하시오. 일찍이 있었던

어떤 장례식보다 고귀하게 그분의 시신을 145

장례 치르도록 합시다.

귀족 2   자신의 불같은

성품 탓도 있으니 오피디어스 장군만 비난할 순 없소.

최선을 다해 수습합시다.

오피디어스   분노가 사라지니,

슬픔이 엄습하는구나. 시신을 들어 올려라.

무관 세 명과 내가 하겠다. 150

애도를 표하는 북을 울리고,

창을 땅에 끌어라. 비록 이 도시에서

수많은 남편과 자식들의 목숨을

앗아갔고, 그 때문에 아직도 눈물을

흘리는 이가 있지만, 장례만큼은 훌륭하게 155

치러주자.[32]

[코리올레이너스의 시신을 메고 퇴장. 장송곡이 울린다.]

---

32. '사후의 그의 명성은 훌륭할 것이다'란 의미로도 해석이 가능한 구절이다(Bliss 273).

작품설명

　『코리올레이너스』는 국내는 물론이고 외국에서도 자주 공연되는 셰익스피어 레퍼토리는 아니다. 아마 셰익스피어 작품 중에 이런 작품이 끼어 있었나 하고 다소 의아해하는 이들도 적지 않을 것이다. 『코리올레이너스』는 1608년경 쓰여 졌을 것으로 여겨지는 셰익스피어의 마지막 비극이다.

　1590년경부터 극작을 시작한 셰익스피어는 초창기에는 주로 사극과 희극을 썼다. 그러다 1600년경부터는 『햄릿』을 필두로 『오셀로』(1604), 『리어왕』(1605), 『맥베스』(1606), 『안토니와 클레오파트라』(1607) 등의 비극을 쏟아냈다. 『코리올레이너스』는 그 비극 시리즈의 마지막인 셈이다. 이후 셰익스피어는 비극들에서 보여주었던 비관주의를 극복하고 초월주의적 사상을 내포하는 『페리클리즈』, 『심벌린』, 『겨울 이야기』, 『태풍』 등의 로맨스 작품들을 내놓고 극작 생활로부터 은퇴했다. 그러니까 『코리올레이너스』는 셰익스피어의 사상이 초월주의로 넘어가기 직전의 비관주의의 한 절정을 이루는 작품이라고 할 수 있다. 하지만 귀족 계층과 민중 계층의 극심한 대립을 갈등의 축으로 하는 이 극의 겉 줄거리는 이 극을 셰익스피어의 모든 작품 중에서 가장 정치적인 극으로 읽도록 유도한다. 뿐만 아니라 현대의 관점에서 보면 이 극은 지나치게 우편향 된 작품처럼 인식되기도 하는데, 주인공 코리올레이너스를 죽음으로 몰고 가는 결정적인 역할을 하는 민중 세력에 대해 셰익스피어가 비판을 서슴지 않고 있기 때문이다. 그러나 『코리올레이너스』는 셰익스피어의 다른 많은 극들처럼 다양한 관점에서 이해될 수 있으며, 심지어 반민중적인 목소리뿐 아니라 반귀족적 태도까지도 내포한다. 『코리올레이너스』는 매우 정치적인 극이지만, 정치극의 차원을 훌쩍 뛰어넘는 셰익스피어의 또 하나의 위대한 비극이다.

1. 텍스트 및 저작 연대

　　『코리올레이너스』는 소위 셰익스피어 정전본이라고 흔히 일컬어지는 1623년 출간된 『제1이절판』(*First Folio*)에 포함된 극이며, 오직 그 텍스트만이 전해진다. 하지만 저작 연대는 대략 1608년경 즈음으로 추정되고 있다. 그 첫 번째 이유는 이 극에 나오는 몇몇 에피소드들이 당시에 발생했던 실제 사건들과 유사하기 때문인데, 1막 1장에 나오는 굶주린 민중들의 폭동 장면은 1607년에서 1608년 사이 미들랜드(Midland)에서 발생했던 식량 폭동 사건을 연상시키며, 3막 1장에 나오는 코리올레이너스의 '물길'과 '수로' 관련 대사는 1609년 초에 완성된 휴 미들튼(Hugh Middleton)의 인공 수로 건설 계획과 관련 있는 듯이 여겨지기 때문이다

(Stanley Wells 90). 또한 1막 1장에서 코리올레이너스의 "얼음 위의 석탄불"이란 대사는 1607년과 1608년 사이에 있었던 '대한파 사건'(The Great Frost)을 반영한 시사적 언급으로 간주되곤 한다. 테임즈 강이 얼어붙는 것은 매우 이례적인 일이었는데, 석탄을 담은 커다란 대야를 얼음 위에 올려 강을 녹이려 했다고 한다(Evans 1443). 따라서 이 극은 적어도 1607년 이후에 쓰여 졌을 가능성이 많다.

반면 『코리올레이너스』는 1609년 이후에는 저작되기 힘들었을 것으로 판단되는데, 셰익스피어 극단의 희극 전문 배우이기도 했던 로버트 아민(Robert Armin)이 1609년에 발간한 『이탈리아 재단사와 그의 견습공』(The Italian Taylor and his Boy)에 코리올레이너스의 대사와 아주 유사한 대사가 나오며, 무엇보다 1610년 경 쓰인 벤 존슨(Ben Jonson)의 『에피신 또는 침묵하는 여인』(Epicene or The Silent Woman)에도 『코리올레이너스』의 몇몇 구절과 아주 비슷한 대사들이 있어, 로버트 아민이나 벤 존슨이 『코리올레이너스』 공연을 보았거나 대본을 읽었을 것으로 추정하고 있다(Holland 50-51). 이러한 이유들로 『코리올레이너스』는 1607년에서 1608년 사이에 저작되었을 가능성이 많은데, 이 극의 문체에 대한 연구는 이극의 저작 시점을 『리어왕』, 『맥베스』 그리고 『안토니와 클레오파트라』 그리고 아마도 『페리클레스』 직후인 1608년 봄이나 여름경에 쓰여 졌을 것으로 추정하고 있다(Dobson and Wells 90).

2. 출처

셰익스피어 극은 대부분 다른 작품으로부터 겉 줄거리를 가져오거나 많은 영향을 받은 소위 '출처'를 갖고 있는데, 『코리올레이너스』는 무엇보다 토마스 노스(Thomas North)가 번역해 출간한 플루타크의 『그리스와 로마 영웅의 전기』(*The Lives of the Noble Grecian and Romans*)(1579) 속의 「카이어스 마아셔스 코리올레이너스의 삶」에서 전체적인 줄거리를 가져왔다. 그리고 1막 1장 신체의 각 부위와 관련한 메니니어스의 연설은 윌리엄 캠든(William Camden)의 『영국에 대한 위대한 작품의 유물들』(*Remains of a Greater Work Concerning Britain*)(1605)에서 차용한 것이다(Dobson and Wells 90).

3. 작품 해설

『코리올레이너스』는 얼핏 보기엔 귀족과 평민, 가진 자와 못 가진 자 사이의 갈등 구조에 기초한 정치극으로 여겨지기 십상이다. 하지만 궁극적으로 무대를 장악하는 강한 힘은 로마를 위해 모든 것을 다 바쳤음에도 결국엔 로마에도 그리고 그 적국인 볼스키에도 속하지 못하는 고립된 인간으로서의 코리올레이너스의 좌절과 절망에서 비롯한다. 코리올레이너스는 모든 것을 다 갖춘 로마의 엘리트 중의 엘리트이다. 용맹하고, 예의 바르고, 애국심이 투철하며, 부정부패를 모르는 청렴결백한 정치인이자 군인이고, 아첨할 줄 모르는 정직한 사람이며, 자신의 공훈을 내세우기를 꺼려하는 겸손함마저 갖추고 있다. 게다가 오로지 아내만을 사랑하는 충실한 남편이자 홀어머니에게 효를 다하는 착한 아들이다. 그런 그가 왜 로마에서 버림받고 또 그래서 변절해 도와준 볼스키에서도 버림받는 것일까? 첫 번째 원인은 물론 그가 공화정인 로마에서 자기와는 너무 다른 민중들을 존중하지 않기 때문일 것이다. 하지만 그것만으로는 그가 볼스키에서도 버림받는 이 극의 마지막 설정을 설명하지 못한다. 사실 코리올레이너스는 민중을 존중하지 않는 그의 약점보다도 너무나 많은 그의 장점들 때문에 몰락한다. 비록 민중들에게 오만한 태도를 보이기는 하지만 위기 때마다 로마를 구해내는 코리올레이너스의 용맹함과 청렴결백한 태도에 민중들이 환호하자, 그의 권력이 너무 커질 것을 염려한 호민관들이 그와 민중들의 사이를 이간하고 결국 민중들을 선동해 그를 로마로부터 추방한다. 추방당한 코리올레이너스가 볼스키군을 이끌고 로마를 침공해 승승장구하자 이번에는 볼스키의 장군 오피디우스가 그의 권력과 명예가 위축되는 것을 염려하여 코리올레이너스와 볼스키의 민중들을 이간하고 결국 암살자들을 동원해 그를 살해한다.

코리올레이너스가 민중들을 혐오하는 것은 그들이 용맹, 정직, 성실, 지혜 등 온갖 미덕에 대한 자신의 기준을 충족시키지 못하기 때문이다. 그래서 그에겐 민중들이 비겁하고 애국심도 없고, 나약하며, 위선적이고, 인내심도 없으며 이기적으로 느껴지는 것이다. 반면 코리올레이너스는 온갖 미덕으로 무장되어 있다. 메니니우스가 추방당하는 코리올레이너스에 대해 "그 성품이 속세에 살기에는 너무도 고결하다"(3막 1장)고 말한다. 이 땅에 모든 존재는 불완전할 수밖에 없으며 불완전해야 생존할 수 있는지 모른다. 코리올레이너스는 완벽하게 용감하고 완벽하게 정직하며, 완벽하게 성실하고, 완벽한 아들, 완벽한 남편, 완벽한 아버지, 완벽한 로마인이 되고자 하며, 다른 로마인들에게도 그것을 요구한다. 그러나 현실세계에서 그것은 지나친 오만일 따름이다. 불완전한 이 세상은 그러한 인간에게 숨 쉴 공간을 허락하지 않는다. 르네상스는 완벽한 인간을 꿈꿔왔다. 하지만 르네상스의 끝자락을 살았던 셰익스피어는 르네상스의 꿈은 결코 이루어질 수 없음을 깨닫고 있다.

셰익스피어는 이미 『자에는 자로』(Measure for Measure)(1604)에서 서로의 불완전함을 경직된 법의 잣대로 처벌만 할 것이 아니라 서로 포용할 것을 주장한 바 있다. 『코리올레이너스』 이후에 쓰인 작품들은 하나같이 화해와 용서를 주제로 한다. 코리올레이너스가 자신보다 부족한 것 투성이인 민중들을 좀 더 너그럽게 포용할 수 있었다면 그의 비극은 일어나지 않았을 것이다.

4. 공연사

셰익스피어 생전에는 『코리올레이너스』에 대한 공연 기록이 남아 있지 않다. 1681년 나훔 테이트(Nahum Tate)가 각색 · 연출한 공연이 공식적인 첫 「코리올레이너스」 공연이다. 주요 등장인물이 모두 죽는 유혈이 낭자한 무대였다. 이후 눈에 띄는 공연이 없다가, 20세기 들어와서 주목할 만한 성과를 낸 공연들이 생겨났다. 로렌스 올리비에(Laurence Olivier)는 1937년 런던의 올드 빅 극장과 1959년 스트라트포드 어펀 에이븐의 셰익스피어 메모리얼 극장에서 코리올레이너스 역을 맡아 열연했는데, 특히 피터 홀(Peter Hall)이 연출한 1959년 공연이 극찬 받았다. 이 공연의 마지막 장면에서 로렌스 올리비에는 마치 이탈리아의 독재자 무솔리니의 최후를 연상시키듯 높은 단 위에서 거꾸로 매달려 죽임을 당하는 모습을 연출하였다. 이 장면의 사진은 케임브리지 판, 아든 판 등

여러 『코리올레이너스』 텍스트에 실려 있다.

「코리올레이너스」 공연사에서 가장 중요한 공연 중의 하나는 브레 히트(Brecht)가 각색한 작품인데, 브레히트는 원작에 비해 민중 세력을 훨씬 호의적으로 그렸으며, 호민관 역시 진정한 지도자로 묘사하였고, 귀족들은 로마를 구하기 위해 그들과 연합한다. 코리올레이너스와 오피 디어스는 다 같이 단순한 전쟁 전문가로 설정되며, 코리올레이너스의 죽음 이후 10년간 상복을 입게 해달라는 그의 가족들의 요청은 거부된다. 1956년 그가 사망할 때까지 원고로만 남아 있던 작품을 그의 베를린 앙 상블 동료들인 마프레드 윅워스(Manfred Wekwerth)와 야킴 텐쉬트 (Joachim Tenschert)가 셰익스피어의 원작에 보다 가깝게 다시 수정하고, 중국의 경극 양식을 도입하여 1964-5년에 베를린 및 유럽 여러 나라에서 순회 공연하였으며, 1971년엔 영국의 내셔널 씨어터 제작으로 런던의 올드 빅 극장에서 공연하였는데, 이때 앤소니 홉킨즈(Anthony Hopkins)가 코리올레이너스 역을 연기하였다.

1984년 피터 홀 연출의 영국 내셔널 씨어터 공연 역시 커다란 성공을 기록한 수작이었다. 시공간을 초월해 고대 로마와 당시 영국의 대처 정부의 상황을 병치시켜 놓았으며, 의상에서도 두 시대의 것을 뒤섞었을 뿐 아니라, 관객들을 극이 전개되는 무대 위에도 앉게 했다. 보다 최근작으로는 1989년, 1991년, 1996년 각기 다른 나라에서 공연되었던 스티븐 버코프(Steven Berkoff)의 「코리올레이너스」가 1980년대 의상을 입고서 폭력적이고 야만적인 현대 사회를 투영시켜 호평을 받았다. 1994년 로열 셰익스피어 컴퍼니가 제작하고 데이비드 데커(David Thacker)

가 연출한 공연은 1789년 프랑스 대혁명 시절의 프랑스로 무대를 옮겨 호평을 받으며 큰 주목을 받았다.

「코리올레이너스」는 정치적 성향이 강한 원작의 특성으로 인해, 정도의 차가 있을 뿐 대부분 원작의 정치성과 공연이 이루어지는 곳의 동시대적 정치 사회적 양상이 대입되곤 하는데, 이러한 특성 때문에 상대적으로 공연 빈도수가 적은 이 작품이 구소련과 그 위성 국가에서 1970-80년대에 다수 공연된 사실도 「코리올레이너스」 공연사의 한 특성이라고 할 수 있겠다. 한편 이러한 정치적 성향과는 달리, 1963년 타이론 구스리(Tyrone Guthrie) 연출의 공연을 필두로 1967년의 존 바튼(John Barton)이 연출한 로열 셰익스피어 컴퍼니의 공연과 1977년 테리 핸즈(Terry Hands), 1981년 브라이언 베포드(Brian Bedford) 연출의 공연 등은 코리올레이너스와 오피디어스 관계에 초점을 맞추면서 그들을 동성애적 관계로 표현한 사실도 기억할 만하다.

많은 셰익스피어 작품들처럼 이 극도 수차례 영상화되었으며, 텔레비전 버전이 아닌 영화 버전으로는 2011년 랄프 파인즈(Ralph Finnes)가 연출 및 주연을 도맡은, 현대적으로 각색된 「코리올레이너스」가 있다. 최근 많은 관심을 받고 있는 아시아의 셰익스피어 공연으로는, 2007년 일본의 세계적인 연출가 니나가와 유키오가 연출한 사무라이 버전 「코리올레이너스」가 있으며, 한국에서는 이현우(필자)가 연출한 『코리올라누스』가 2005년 예술의 전당 자유소극장에서 국내 초연작으로 공연된 바 있다.*

---

* 공연사는 Peter Holland와 Lee Bliss 그리고 Paul Prescott의 *Coriolanus* 서문을 모두 참고하였다.

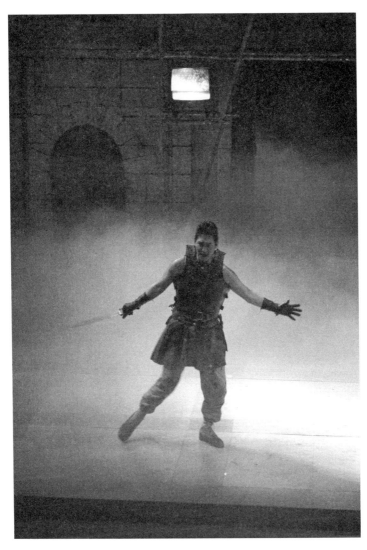

「코리올라누스」(이현우 연출, 극단 화동연우회, 2005)
코리올라누스(유태웅)가 볼스키 족과 전투를 벌이고 있다. 이 공연에서는 등장인물의 이름을
영어식이 아닌 로마식으로 표기하였다.

• 참고문헌

Bliss, Lee, ed. *Coriolanus*. The New Cambridge Shakespeare. Cambridge: Cambridge UP, 2000.

Dobson, Michael & Stanley Wells, eds. *The Oxford Companion to Shakespeare*. Oxford: Oxford UP, 2001.

Evans, G. Blakemore & J. J. M. Tobin, eds. *The Riverside Shakespeare*, 2nd ed. Boston: Houghton Mifflin, 1997.

Holland, Peter, ed. *Coriolanus*. The Arden Shakespeare, Third Series. London: Bloomsbury, 2013.

Prescott, Paul. "Introduction" to *Coriolanus*. Ed. G. R. Hibbard. London: Penguin, 2005.

셰익스피어 생애 및 작품 연보

셰익스피어의 생애와 작품의 집필연대 중 일부는 비교적 정확히 기록되어 있는 자료에 의존할 수 있지만, 대부분은 막연한 자료와 기록의 부족으로 그 시기를 추정할 수밖에 없으며, 특히 작품 연보의 경우 학자들에 따라 순서나 시기에 차이가 있음을 밝힌다.

1564	잉글랜드 중부 소읍 스트랫포드 어폰 에이번Stratford-upon-Avon 출생(4월 23일). 가죽 가공과 장갑 제조업 등 상공업에 종사하면서 마을 유지가 되어 1568년에는 읍장에 해당하는 직high bailiff을 지낸 경력이 있는 존 셰익스피어와, 인근 마을의 부농 출신으로 어느 정도 재산을 상속받은 메리 아든Mary Arden 사이에서 셋째로 출생. 유복한 가정의 아들로 유년시절을 보냄.
1571	마을의 문법학교Grammar School에 입학했을 것으로 추정.
1578	문법학교를 졸업했을 것으로 추정. 졸업 무렵 부친 존은 세금도 내지 못하고 집을 담보로 40파운드 빚을 냄.
1579	부친 존이 아내가 상속받은 소유지와 집을 팔 정도로 가세가 갑자기 어려워짐.
1582	18세에 부농 집안의 딸로 8년 연상인 26세의 앤 해서웨이 Anne Hathaway와 결혼(11월 27일 결혼 허가 기록).
1583	결혼 후 6개월 만에 맏딸 수잔나Susanna 탄생(5월 26일 세례 기록).
1585	아들 햄넷Hamnet과 딸 쥬디스Judith(이란성 쌍둥이) 탄생(2월 2일 세례 기록).

1585~1592	'행방불명 기간'lost years으로 알려진 8년간의 행방에 관한 자료가 거의 없음. 학교 선생, 변호사, 군인 혹은 선원이 되었을 것으로 다양하게 추측. 대체로 쌍둥이 출생 이후 어떤 시점(1587년)에 식구들을 두고 런던으로 상경하여 극단에 참여, 지방과 런던에서 배우이자 극작가로서 경험을 쌓았을 것으로 추측.
1590~1594	1기(습작기): 주로 사극과 희극 집필.
1590~1591	초기 희극 『베로나의 두 신사』(*The Two Gentlemen of Verona*) 『말괄량이 길들이기』(*The Taming of the Shrew*)
1591	『헨리 6세 2부』(*Henry VI*, Part II)(공저 가능성) 『헨리 6세 3부』(*Henry VI*, Part III)(공저 가능성)
1592	『헨리 6세 1부』(*Henry VI*, Part I)(토머스 내쉬Thomas Nashe 와 공저 추정) 『타이터스 안드로니커스』(*Titus Andronicus*)(조지 필George Peele과 공동 집필/개작 추정)
1592~1593	『리처드 3세』(*Richard III*)
1592~1594	봄까지 흑사병 때문에 런던의 극장들이 폐쇄됨.
1593	「비너스와 아도니스」(*Venus and Adonis*)(시집)
1594	「루크리스의 강간」(*The Rape of Lucrece*)(시집) 두 시집 모두 자신이 직접 인쇄 작업을 담당했던 것으로 추정되며, 사우샘프턴 백작The third Earl of Southampton에게 헌사하는 형식. 챔벌린 극단Lord Chamberlain's Men의 배우 및 극작가, 주주로 활동.
1593~1603 및 이후	『소네트』(*Sonnets*)

1594	『실수 연발』(*The Comedy of Errors*)
1594~1595	『사랑의 헛수고』(*Love's Labour's Lost*)
1595~1600	2기(성장기): 낭만희극, 희극, 사극, 로마극 등 다양한 장르 집필.
1595~1596	『로미오와 줄리엣』(*Romeo and Juliet*)
	『리처드 2세』(*Richard II*)
	『한여름 밤의 꿈』(*A Midsummer Night's Dream*)
	『존 왕』(*King John*)
1596	아들 햄넷 사망(11세, 8월 11일 매장).
	부친의 가족 문장 사용 신청을 주도하여 허락됨(10월 20일).
1596~1597	『베니스의 상인』(*The Merchant of Venice*)
	『헨리 4세 1부』(*Henry IV, Part I*)
	스트랫포드에 뉴 플레이스 저택Great House of New Place 구입 (마을에서 두 번째로 큰 저택으로 런던 생활 후 은퇴해서 죽을 때까지 그곳에 기거).
1598	벤 존슨Ben Jonson의 희곡 무대에 출연.
1598~1599	『헨리 4세 2부』(*Henry IV, Part II*)
	『헛소동』(*Much Ado About Nothing*)
	『헨리 5세』(*Henry V*)
1599	시어터 극장The Theatre에서 공연하던 셰익스피어의 극단이 땅 주인의 임대계약 연장을 거부하자 '극장'을 분해하여 템즈강 남쪽 뱅크사이드 구역으로 옮겨 글로브 극장The Globe을 짓고 이곳에서 공연. 지분을 투자하여 극장 공동 경영자가 됨.
1599~1600	『줄리어스 시저』(*Julius Caesar*)
	『좋으실 대로』(*As You Like It*)

1601~1608	3기(원숙기): 주로 4대 비극작품이 집필, 공연된 인생의 절정기
1600~1601	『햄릿』(Hamlet)
	『윈저의 즐거운 아낙네들』(The Merry Wives of Windsor)
	『십이야』(Twelfth Night)
1601	「불사조와 거북」(The Phoenix and the Turtle)(시집)
	아버지 존 사망(9월 8일 장례).
1601~1602	『트로일러스와 크레시다』(Troilus and Cressida)
1603	엘리자베스 여왕 사망(3월 24일). 추밀원이 스코틀랜드의 제
	임스 6세를 잉글랜드의 제임스 1세로 선포.
	제임스 1세 런던 도착(5월 7일) 후 셰익스피어 극단 명칭이
	챔벌린 경의 극단에서 국왕의 후원을 받는 국왕 극단King's
	Men으로 격상되는 영예(5월 19일).
	제임스 1세 즉위(7월 25일).
1603~1604	『자에는 자로』(Measure for Measure)
	『오셀로』(Othello)
1605	『끝이 좋으면 모두 좋다』(All's Well That Ends Well)
	『아테네의 타이몬』(Timon of Athens)(토머스 미들턴Thomas
	Middleton과 공동작업)
1605~1606	『리어 왕』(King Lear)
1606	『맥베스』(Macbeth)
	『안토니와 클레오파트라』(Antony and Cleopatra)
1607	딸 수잔나, 성공적인 내과의사인 존 홀John Hall과 결혼(6월 5일).
1607~1608	『페리클레스』(Pericles)(조지 윌킨스George Wilkins와 공동작업)
	『코리올레이너스』(Coriolanus)

1608~1613	제4기: 일련의 희비극 집필.
1608	셰익스피어 극장이 실내 극장인 블랙프라이어스Blackfriars 극장을 동료배우들과 함께 합자하여 임대함(8월 9일).
	어머니 메리 사망(9월 9일 장례).
1609	셰익스피어 극장이 블랙프라이어스 극장 흡수, 글로브 극장과 함께 두 개의 극장 소유.
1609~1610	『심벌린』(*Cymbeline*)
1610~1611	『겨울 이야기』(*The Winter's Tale*)
	『태풍』(*The Tempest*)
1611	고향 스트랫포드로 돌아가 은퇴 추정.
1613	『헨리 8세』(*Henry VIII*)(존 플레처John Fletcher와 공동작업설)
	『헨리 8세』 공연 도중 글로브 극장 화재로 전소됨(6월 29일).
1613~1614	『두 귀족 친척』(*The Two Noble Kinsmen*)(존 플레처와 공동작업)
1614~1616	말년: 주로 고향 스트랫포드의 뉴 플레이스 저택에서 행복하고 평온한 삶 영위.
1616	둘째 딸 쥬디스, 포도주 상인 토마스 퀴니Thomas Quiney와 결혼(2월 10일).
	쥬디스의 상속분을 퀴니가 장악하지 않도록 유언장 수정(3월 25일).
	스트랫포드에서 사망(4월 23일. 성 삼위일체 교회 내에 안장).
1623	『페리클레스』를 제외한 36편의 극작품들이 글로브 극장 시절 동료 배우 존 헤밍John Heminge과 헨리 콘델Henry Condell이 편집한 전집 초판인 제1이절판으로 출판됨.
	아내 앤 해서웨이 사망(8월 6일).

옮긴이 **이현우**
현재, 순천향 대학교 영문과 교수, 한국 셰익스피어 학회 부회장(국제 교류), 한국고전르네상스 영
문학회 편집이사, 국제 학술지 *Multicultural Shakespeare* 자문위원, 국제협력 프로젝트 *Asian
Shakespeare Intercultural Archive*의 공동책임자, *Shakespeare Bibliography-online by
Shakespeare Quarterly*의 한국 담당자

저서 『셰익스피어: 관객, 무대, 그리고 텍스트』, *Glocalizing Shakespeare in Korea and
Beyond* (공저) 외
역서 『햄릿 Q1』, 『세네카의 오이디푸스』, 『코리올레이너스』 외
논문 "Hollywood Conspiracy about Shakespeare", "The Yard and Korean
Shakespeare", "Shamanism in Korean *Hamlets* since 1990: Exorcising *Han*",
"Dialectical Progress of Femininity in Korean Shakespeare since 1990", 「굿과 한
국 셰익스피어: 양정웅의 〈햄릿〉과 오태석의 〈템페스트〉를 중심으로」, 「셰익스피어의 극
언어, 어떻게 한국화 할 것인가?」 외 다수
연출 〈코리올라누스〉, 〈햄릿 Q1〉, 〈떼레즈 라깽〉
연기 〈오이디푸스〉, 〈오레스테스 3부작〉, 〈관리인〉, 〈나는 빠리의 택시운전사〉, 〈리어왕〉, 〈한
여름 밤의 꿈〉, 〈오델로 인 발레〉, 〈셰익스피어 인 뮤직〉, 〈페리클레스〉, 〈이런 동창들〉,
〈만드라골라〉, 〈메카로 가는 길〉, 〈몰리 스위니〉, 〈라 쁘띠뜨 위뜨〉, 〈험한 세상의 다
리〉(TV) 외 다수
수상 2012 PAF 연극연출상(수장작: 떼레즈 라깽)

코리올레이너스

초판 2쇄 발행일 2021년 4월 16일

옮긴이 이현우
발행인 이성모
발행처 도서출판 동인
주 소 서울시 종로구 혜화로 3길 5 118호
등 록 제1-1599호
TEL (02) 765-7145 / FAX (02) 765-7165
E-mail dongin60@chol.com
ISBN 978-89-5506-686-9
정 가 12,000원

※ 잘못 만들어진 책은 바꿔 드립니다.